# 马阜晴岚

MA FU QING LAN

徐玉成◎著

长江出版传媒 | 长江文艺出版社

光 年 文 化
出 品

# 诗意生活的痴守者

◎廖杰锋

玉成诗集《马阜晴岚》即将付梓，嘱我写序，既觉得突然，又倍感惶恐。虽说顶着文学研究者的帽子，但我在诗歌方面是实实在在的门外汉，不写诗，很少读诗，更谈不上研究诗歌了，尤其是面对如此高水准的诗集，确有难于置喙之感。可玉成执念相邀，真情难却，实在是找不到借口搪塞，只能勉力为之。

我与玉成相识相交于1994年9月的雁城，说文学，聊人生，谈社会，至今已有20余年。在我的记忆里，他略显腼腆，有点不苟言笑，有点不修边幅，甚至还有点散漫自由。然而，诚如他自己所言，“始终痴守着诗歌”，选择一种燃烧般的诗歌生活，其内心似有十二级暴风雨般的疯狂，激情四射。他在修教育学、心理学以及现代汉语之类的课程时，常常人在教室，心却迷醉在唐诗宋词、明清小说以及柏拉图、海德格尔的思辨世界里，与人交流，其思维总是在高速运转，时不时会蹦出“**碧绿的耳朵看见一群少女**”“**月光拭擦呻吟将你散落的梦呓寄给黎明**”这样的诗句搅得男女生们尖叫而难以释怀。他是院办文学刊物《太阳风》常务副主编，为办好刊物，他左冲右突东奔西跑乐此不疲。离开雁城后，玉成到偏远的乡村任教，远离父母甘愿做基层公务员，工作甚为繁忙辛苦，却依然行走于诗思的森林、翱翔在意象的天空，依然坚守文学的至高境界和崇高理想，坚守文学的伟大精神和优秀传统，坚守真善美的书写和赋比兴的表达；坚持“衣带渐宽终不悔”“语不惊人死不休”，坚持人性的张扬、世事的洞察和艺术的探索。其作品散见于《诗神》《诗歌月刊》《中国校园文学》《散文诗》《崛起》等杂志。如今摆在读者面前的诗集《马阜晴岚》是玉成创作道路上的标志性成果。

20世纪英国诗人、小说家、戏剧家、画家劳伦斯认为，诗歌通常表达的要么是遥远未来缥缈的声音，要么是过去圆润洪亮的天籁，要么是当下生存的深沉思考。玉成诗集《马阜晴岚》以灵动的笔触和宽阔的视野，从城乡二元空间中挖掘平淡生活中的诗意，摄取人生的风景，书写城市的历史，倾诉生活的无奈与寂寥，表达对故乡的眷恋与热爱，寻找失去的精神家园，憧憬人生理想和美好未来，以现实主义和浪漫主义相结合的手法，构建了一个色彩绚丽、变幻多姿、多层立体的审美世界。

作为一个来自乡村、定居于城市的生活者与观察者，玉成的敏感的诗性神经捕捉到了城市空间的丝丝缕缕。他在城市的历史与未来、城市的此在现实与彼岸理想国中穿越，综合运用文化语象、自然语象和城市语象，回溯城市厚重的文化历史，呈现生活于城市底层的人群的生存状态，为底层人群的生存境遇呐喊。

在诗人的笔下，耒阳是一座历史悠久、文化厚重的古城，是百万人民政治、经济、文化艺术的中心。她从“盘古开天地中走来”，“神话中的神农氏”用“一截树枝”，点燃了她的整个生命，“来自汉代的耒水/把一张张蔡侯纸/带到世界的每一个角落/满是金黄色的阳光/从此成为最生动的/诗句”（《耒阳》），“耒河上流/有张良隐居的垂钓岩/有徐霞客行走的大河滩/有苏轼修炼的紫霞禅寺/有朱德掀起湘南起义的清水铺/有号称亚洲面积最大的蔡伦竹海/有充满诗情画意的泉水湾/有我向往的天堂/和生命的/开始”（《我想活在青山绿水间》）。在诗集中，诗人反复吟咏耒河“装满了历史和思想”（《耒河》），农耕文化、造纸文化、红色文化铸就了耒阳城市的灵魂。因此，诗人满怀激情高歌“山一样的耒阳人/已将金戈铁马化作利剑/直指太阳/ 以神农创耒的亘古信念/在充满活力的版图上/挥写着一个个惊奇”（《耒阳》），耒阳“从历史最深处/渐渐地站了起来”（《马阜岭》）。不仅如此，诗集还多方面塑造了蔡伦、张良、李白、杜甫、凡·高等历史人物。可见，诗人玉成采用了历史和文化视角，从个人经验出发，从时空交错的浮沉中，雕塑城市精神与灵魂，解读城市的文化细节与名人，字里行间透析出诗人对悠久的历史文化的迷恋和深思，对城市未来的美好憧憬和向往。

城市是人类历史发展进程中的必然。但是，城市在其发展过程中受诸多因素影响难免存在着畸形、病态的东西。玉成以艺术家的勇气和敏锐的眼光，从城市的畸形、病态的东西中发掘审美诗意，深刻地拷问城市的灵魂。在诗人的描述中，耒阳城里“大街小巷游荡/香水冷气的狂热/短衣短裤没了袖子也没/腹肚没了背部没/胸部却更加坚挺/迷你裙迷得大腿裸露/如同随时会掉下的/月光”（《城中村》），“可恶的广告拐走了所有的汗水/从此，侄子也成为/城里流浪的砖头”（《三叔》），以至于“我走过五一广场/掏空口袋/也买不到/一杯纯洁”（《五一广场》）；城里的农民工“从一个建筑工地/赶到另一个建筑工地/仅仅希望得到/比稻草更香的日子/却总带着一堆破旧的衣服/躲在无人知晓的炊烟/流泪”（《三叔》），他们用“劣质的旱烟/吐出城市/一幢幢高楼”，把“一滴滴汗珠/挂在城市的脚手架上/叮咚敲响儿女的课本和餐票/以及一家人香喷喷的/年夜饭”（《农民工》），擦鞋女“仅仅为了那一张薄薄的日子/便不停地吆喝不停地等待/不停地用双手当成钟摆/不停地挤干自己心中残留的梦/用心留一片光亮……苦笑中缀满苦涩的泪/不知何时才能拭擦掉自己/生命中的灰尘”（《擦鞋女》），捡垃圾的老人“推着一辆破旧的三轮车/在一只只垃圾桶里/翻捡着城市的冷漠和无情”（《捡垃圾的老人》），如此等等，城市琐碎的、细微的日常生活被诗人赋予了存在论价值。读者也仿佛走进了波德莱尔笔下的审美场域——巴黎，欲望泛滥，人性变异，农民工、擦鞋女、捡垃圾的老人等犹如一枚飘忽的落叶、一只卑微的蚂蚁，默默地为城市机器的正常运转抛洒汗水，读者也仿佛触摸到了诗人对生存危机的困惑、疑惧与焦虑。

钢筋水泥堆积起来的城市丛林给人以精神上的压抑，车水马龙的喧哗与骚动予人以孤寂。于是，玉成将缱绻柔情的目光，投向了人生最初的来路，追怀遗落在故乡的旧时光，用浪漫多情的语言讴歌乡村、乡情，吟唱乡思、乡愁。

在诗人的心中，故乡“树上的每一片绿叶/都可以写一首璀璨的诗/河里的每一块卵石/都可以说一段生动的往事/稻田里的每一棵庄稼/都可以啃出父亲的希望/乡村的每一个角落/都可以唱一首灿烂的歌”（《乡村》），“缀满鸟语花香”的三月的故乡“一如走进李清照/那些碧绿的词”（《走进春天》），月夜下寂静的故乡，“秋露正沐浴着水稻……落下满地芦苇/躲进草垛的眼睛/寻找着红花衣/小鸟正在枝头上凝望/等待归来的水牛//即将坠地的落叶/潜入古香古色的街巷/犁铧、斗笠和顽皮的童谣”（《童年忆趣》）；“清澈如水的蛙鸣/从一垄垄碧绿的稻田走来/走进一页页暗淡的诗笺/喊醒满天的星光”（《蛙鸣》），故乡的炊烟“有了孕育的胎声”（《速记》），装满了“父母亲的叮嘱”（《屋檐上的雨》）。故乡在玉成的手中色彩缤纷，充满着生机与活力，弥漫着醉人气息，它给人以梦的思绪，它让读者流连忘返。更值得称道的是，父子之情、母子之情等也是玉成心中故乡情浓墨重彩的一页。《忆父》《酷暑滑过父亲的后背》《一只粽子》《旧屋就是犟》《母亲》《思乡》《下雨了》《今夜星光》等等诗歌充满着深情，字里行间渗透着一种对父爱母爱的理解与感恩。

总之，诗集中的每一首诗都浸润在江南乳燕呢喃和初夏蝉声蛙鸣中，每一节诗都飘荡在梅子黄熟时温馨的烟雨中，每一行诗都弥漫在油菜花、桂花、稻花的氤氲中，每一个词都闪耀着父母亲深情的目光及自己对父母的念想。也正因如此，**“稻花飘向哪里/哪里就是我的故/哪里就有乡村动听的歌谣/日夜喂养着城市的/胃”**（《稻花飘向哪里》），**“总想把隐藏已深的童年/和乡愁打捞上来”**（《离开故乡》）。油菜花、桂花、萤火虫、小草、稻花、油桐花、油茶林、炊烟、石磨、小木屋、水井、晒谷坪等等这些乡村屡见不鲜的物象不仅丰富了诗人童年的生活，更在岁月的流逝中，成为诗人生命中的精神图腾。换而言之，故乡成为玉成的宗教，负载着他的全部生活信仰，她不再是单纯某个具体乡村的呈现，而是诗人精神归宿的载体，是一个具体而宏大的象征。

岁月静好，鸟语花香，牧笛声脆，只是儿时理想的田园生活天堂。在现代化的进程中，乡村不可避免地遭遇了现代工业文明的侵扰。玉成以现实主义的笔调慨叹道："村庄消失了黄牛和牧笛消失了/犁铧和蓑衣消失了/我的风筝和童年也消失了/一幢幢高楼长满一丘丘稻田/我的村庄不再是三月的燕子/而是城市巨大的胃/那片肥沃的土地/如今只能生产出工厂和城市的欺诈/日夜不息的浓烟和喧嚣残留着乡亲的哭泣"（《消失的村庄》），"房子破旧得/让我看不到多情的姑娘/以及完美无缺的爱情/所有的悲欢离合都已远离/所有的男人和女人/都已随着岁月的炊烟远走/只留下破碎的砖瓦/与门口那一对对石狮/沉默不语"（《写这首诗之前》），"古村却满怀忧伤和痛苦/一如低垂的稻穗/在我内心疯长/金黄色的秋”（《行走古村》）。诗人没有激烈的控诉和大声的呐喊，而是以一个个司空见惯的镜头告诉读者，故乡日常的背后，发生着巨大的变迁，昔日的美丽丧失了、毁灭了，昔日的自然纯粹衰落了、沦陷了，技术、功利、实用遗弃了故土内在的灵性，诗意地栖居成为一种美好向往。诗集突破纯歌唱式、田园牧歌式的格局，呈现出诗人对当下农村荒芜状态的理性思考以及诗人的现代悲剧意识与人文情怀。

阿尔多诺在《文学笔记》中说道：“仅仅只是个人的激情和经验的流露，还不能算是诗，只有当它们赢得普遍的同情时，才能真正称得上是艺术。”无论是对乡村、乡情的讴歌与思考，还是对亲情、友情、爱情的吟唱，抑或是对乡村教师、农民工、擦鞋女和捡垃圾老人的生活的洞察，对历史文化的追问，玉成没有局限于简单的自我情感的宣泄和平面的、单一的书写，而是立体地观照城乡的矛盾性和人性的复杂性，浸透了诗人的忧患意识、现代悲剧意识、人文情怀、责任感和使命感，赢得了深沉的“存在之思”。

玉成的诗没有刻意追求某种模式和风格，而是以一种内在的真实、自然、平和、唯美、明快的气质震撼读者的心灵。他往往以清晰的形象，生动逼真地呈现出自己的思想、情感以及生存状态。如："只要看见炊烟/就坠入童年/那里有装满故事的烟袋"（《春天如期而至》），"把那些飘荡的闲散时光/捆成一个下午/坐在十三楼阳台上/开始垂钓/暮秋"（《离开故乡》）。同时，他的诗联想大胆而新鲜，不仅具有画家的视觉冲击，而且存在敏锐的触觉震撼。如："从词语的深处/打捞黄金般的麦粒/宛若西山上的晚霞/挂在那一片土地上/照亮这丛竹林/也照亮每一张面孔/灰尘的暗黑"（《词语深处》）、"碧绿的钟声/站在寺庙门口/张开双手/紧紧地抱住从城里/偷跑出来的/孤独"（《登鹿歧寺》）等，玉成用触觉的语汇书写了对大地、对生命、对世界、对亲情乡情友情爱情等升华后的感悟，触击和打动了读者的心灵。再者，玉成的诗擅长运用意象象征来表现自己的思想与感受。比如诗集中反复出现的耒河、桂花、茶树林等等意象，别出新意地表达出诗人的情感，恰到好处地服务了诗的主题，深化了诗的形象。

诗集《马阜晴岚》向读者呈现了一个风流倜傥的帅气小伙在缪斯的漫画中跳起旋转的芭蕾舞的优美景象。它的出版发行，有如一条映着灿烂朝阳的小溪，静静地流淌，清新舒爽地滋润着读者的心灵。不过，个别诗作流于表象，未有更深层次的挖掘，影响了诗歌朝着更富诗意的方向发展。最后，真诚地祝福玉成于诗歌内外都精彩地生活，也期待他创作更多的佳作名篇。

是为序。

2019年8月

（廖杰锋，湖南省衡阳师范学院教授，湖南省世界文学与比较文学学会副会长、中国比较文学学会会员，出版学术专著《审美现代性视野下的劳伦斯》，先后在《中国文学研究》《外国文学研究》等核心期刊发表学术论文20余篇。）

# 目录 Contents

## 第一辑…春天如期而至

## 第二辑…雨回到夏天

## 第三辑…秋天开始安静

## 第四辑…这个冬季没有下雪

## 第五辑…用乡愁填满空白的夜

第一辑

# 春天如期而至

远方从家门口驶过 / 钟敏华

# 为你写诗

我总想把耒阳的山
把耒阳的水
把耒阳的村庄
把耒阳的城市
把耒阳所有的风景
搬到纸上
搬到我那一扇张开的窗台上
让所有路过的人
听见耒阳高昂地
行走

尽管我不停地努力
不停地在夜里
沿着耒河寻找春天
用微弱的呼吸打捞
那些沉睡的时光
但是我至今无法在纸上
搭建起耒阳高大的楼房
以及点燃黎明的灯塔

其实，这么多年
我只是潜伏在那些陈旧的节气里

偶尔掬起一捧耒水
哪怕只要一滴耒水
就足以掀起一场巨大的洪峰
奔流不息　从此汇聚成
耒阳这一幕幕生动而精彩的
开始

# 初　春

我那双碧绿的耳朵
看见一群少女
正在嬉闹的枝丫上
打开一张张鲜红的嘴唇
以及妖娆的
舞姿

温暖的仰望
夹在阳光缝隙间打量着
羞涩的耒水
正在一片油菜花上
滚动着幸福

飞来的鸟鸣
飞去的时光和往事
正在我耳边接吻
一如翻过那座山的
暗恋

# 春风吹开三月

春风吹开三月
一如我灵魂的堤岸上
柳树悄悄地说出
丁香的相思

来不及走出书房
一场春雨不期而遇
打湿所有的诗稿
我不得不低下头
向村庄的炊烟道歉

是不是因为我多年没有回家
梨花开始生气了
把所有的哭泣
倾倒在我的诗中

如果你读过我的诗
就知道为什么每一个字里
都澎湃着一条耒河

# 把炊烟编成一只鸟

把炊烟
编成一只鸟
我就飞上三月
所有的山
都是我脚下的
涛声

无论飞到哪里
飞得多高
我始终挣脱不了
那一棵纤细嫩绿的
秧苗

只要我
在他乡贫血
就会源源不断地
接到故乡浓稠的稻香
就会有密密麻麻的稻子
站满我贫瘠的夜

# 风　筝

春风剪出柳叶
柳叶洒下晴朗的三月
三月擦亮风筝的翅膀
那一根纤细的红线
长满鸟语花香

抓住风筝的手
就像今夜盛开的诗
在碧绿的田野上翔飞
在蔚蓝的天空中奔跑

一缕缕欢声笑语
还有牛背上的牧笛
此时嘹亮地响着
宛如一只只彩蝶飘进我的诗
站成一排排美丽

童年就是一只彩色的风筝
在晴朗的三月
放飞我所有的梦想

# 深夜写诗

只要一缕春风
一棵青草
甚至一束月光
我的诗便开满了
花朵

许多词语
在纸上快步行走
穿过那些黑色的蝴蝶
终于停下来
停在国际公馆十三楼的
窗台上

春季仍然
还亮着灯的书房
以及还亮着眼的电脑
以及端坐着的笔
以及失眠的
夜和我

# 山 中

在山中
在一泓山泉旁边
桃花以俯冲的姿势
一夜之间抵达春天
我来不及准备
就被风吹到了山上

跟着春雨而来的蝴蝶
带我走进粉红色的迷宫
桃花一泻千里
成为最有力的怀抱
紧紧地抱住从城里偷跑出来的
寂寞

我知道
只有在春天写诗
才能听见次第盛开的花朵
用鸟语花香打动冰冷的字
让我满脸羞涩

# 三月之上

雨停了，风来了
窗台落下一堆堆鸟鸣
故乡从遥远的乡下赶来
从耒河那边摆渡过来
从三月的头顶落下
落在耒阳城里
落在蔡伦步行街二楼的窗台上
落在我枯萎的睫毛上
黄灿灿的油菜花
香得耒阳整夜
睡不着觉

三月之上，耒水流过
我的脸颊。白云掀起我的故乡
大红大紫。一丘丘稻田
种满父亲的汗水。还有
弟妹们的书包，日夜不停地
向着太阳奔跑。炊烟吞吐着泥土
熏得我的诗句日夜想念母亲
刚煎出的荷包蛋

三月之上，我的故乡
依然是朝南那一面墙上
挂着我的蓑衣
挂着我的砍柴刀
挂着我的犁铧和铁环
静静地等待爷爷
那一杆乌黑的烟筒
点燃一年的
红红火火

三月之上，一滴雨
或者是一朵油菜花开
就让我再也爬不出爷爷
那雪白的胡须里
编织的童年

# 春　耕

从衣袖里吹出来的风
撕裂了我的眼
一片雪花，只要一片雪花
就能吹开春天的翅膀
掀绿我所有的日子

此时，耒阳每一寸土地上
奔跑着耒河欢快的脚步
一如飞翔的花朵
寻找着帅气的蜜蜂
把爱情的汁液
注入村庄的闺房

走进那一丘丘稻田
我看见一群群忙碌的水牛
正在父亲不停的追赶下
掀起乡村那一个个
崭新的红盖头

# 穿过春天

穿过春天
我的父母在河流彼岸
在乡村上空
披着三月戴着四月
翻耕着刚从梦里醒过来的泥土
那些等待的燕子
从一朵盛开的花蕊飞出
飞过千山万水
直到飞进我的眼睛

穿过春天
我看见那些小鸟
欢快地唱着歌跳着舞
一步步地掀开
那一本本崭新的课本
带着雄壮的翅膀
开始放飞梦想

穿过春天
我听见恋人
相思的泪水
沿着乡村小路碧绿

碧绿得比故乡
那些成熟的稻穗
还要令人疼爱

桎梏一冬的春水
开始澎湃
开始漫过堤岸
把夜晚冲刷得
比白天还要明亮
每一支燃烧的炊烟
都让我想起
心如白雪身如莲花的
初恋

穿过春天
我看见耒阳大地上的
每一个日子都
惊天动地

# 把爱情推开

把爱情推开
以一种燃烧的姿势
突入你的房间
波涛汹涌

你不要过分惊讶
我无意采摘枝丫上的嫩芽
春天含苞欲放
等待的是来自远方的
驼铃

在这个夜深如海的城市
我只是一杯世俗中
浮动的茶叶
在你小啜之后
我将继续流浪
远方

从此
再也找不到
回家的钥匙

我被你抛弃在
故乡之外
也许千米或者万里

爱情的瓷碗里
一朵朵樱花
正沿着雨水滑落
你已不再照亮
我的稻田

把爱情推开
春天早已为你
盛满耒水澎湃的
思念

# 寄　春

捎一叠春
寄给远方的你
冰雪融化
一片干枯的思念
百花争开
你的笑容

想你的风
正在邮路上
翻晒三百六十五个祝福
折一枝鲜花
寄给你
最深最真的春

# 给 你

你是一朵从唐诗宋词里
斜出来的花
穿越厚重的雪傲然而立
追逐着燕子归来的航线

你是一首流传千年
依然响亮的经典老歌
百唱不厌
总让我缠绵时尚的优雅

你是一盏耒阳这片土地上
点燃的灯笼
把红红火火挂在黎明的额头上
推开一扇明窗放飞晴朗

用思念敲响一场花事
此生遇见你是我前世修来的缘
把所有的等待
凝结成一串佛珠
许你一生春风

# 赠父亲

冬天靠近父亲
山上就爬满雪
春色停泊我眼前
屋顶茂盛着
一丛绿

春天
总是躲在
冬季的背影里
成家

# 白　云

白云不过是我额头上
那一缕缕头发迷乱
流出的泉水
总想盖住
那些慌乱的日子
还有来自故乡的草木
以及我成长的
苦闷

那些挂在屋檐下的燕巢
总想从天空
扯下一片白云
温暖归来的
老时光

一朵桃花
走出了春天
却把童年留在
那一片油茶林里
自言自语

# 南岭仙寺

苏仙在向阳的山坡上
日夜打坐
佛语从此茂盛

偶尔看见高铁
快速穿过
宽敞的
经书

俯视人间
便成南岭仙寺
最好的修行

从此
木鱼声
总是在顺湖的头顶
敲响春天

# 昨夜的雨

昨夜的雨
早已打碎我内心的
花朵

时光
被风吹走
一点点春色
也没有留下

黎明的窗棂上
依然悬挂着
来自故乡的
鸟鸣

# 灯熄了

灯突然熄了
整个房间沉入海洋
春天的夜色
带着寒冷袭击了我
四处都是喧嚣的刀具

灯熄了
只是一种美丽的借口
让等待已久的黑暗
淹没我远离家乡的
背影

找不到光明的出路
我点燃一支香烟
燃起的光芒如此的渺小
此刻却成为我
仰望的太阳
照亮那些四处行走的
水稻

# 关上窗子

关上窗子
不是拒绝春天
而是为了更好地
与你厮守

两个人的爱情
没有必要
让所有的花朵
听见

这个城市
更多的眼睛
总是不怀好意地
偷窥

而我只是刚从稻田里
挽起裤脚
跌落城市的
月色

在繁华与喧嚣之间
痴守书房

其实就是想把故乡
摆放在灯光下
反刍

愈是反刍
愈是失眠
连梦都沾满了
耒水

即使关上窗子
我的夜依然被盖上
炊烟厚厚的
棉

# 石塘的夜

一场春雨养肥了耒河
按住了石塘
那些微笑着的花
满是泥土味的炊烟
还有那些充血的时光
此时安静地睡去

没有风
也没有月光
石塘平静得如同一江耒水
偶尔响起的狗叫声
惊醒屋檐下面的
失眠

此时的我
在安静的耒水中
只是一尾小鱼
在石塘那宽敞的衣衫里
摇晃着来自稻田的
萤火虫

# 走进春天

走进春天
一如走进李清照
那些碧绿的词
带着油菜花和蝴蝶
带着苏醒的犁铧
跑遍我所有的血管
清澈的耒水
夜夜辗转反侧

走进春天
就是走进一幅山水画
我所有的脚印
都缀满鸟语花香
站在村庄旁边
日夜等待归来的
乡愁

一如那只飞来的燕子
总在寻找着家的
屋梁

# 心中有爱

心中有爱
路才能走出永远
远到看不见海洋

三月的风
吹过故乡的河
油菜花一片又一片
开满我的眼睛

蝴蝶从冬季的心窝飞来
飞到月亮头上
点燃我的思念
那些等待盛开的风筝
挣脱母亲的手
向着春天出发

无论走多远
无论走到哪里
只要带上一朵花
就会看见父母晴朗的天

# 日　记

又到了春天
又该翻耕冰冻的水田了
刚刚醒来的三月
那一朵含苞欲放的梨花
赶着一群群蜜蜂潜入水田
把哲学和数学种下
路过的春风偷看了一眼
没有看到生动的炊烟
随后匆匆离开

这是一座高贵的私家花园
绿树成荫，花草如诗
却只能坐在围墙内
长久地发呆
偶尔伸进的柳枝
大门迅速紧闭
没有泄露
一丝春色

这一座封闭的花园里
除了我的眼睛和鼻子打架
就是我的耳朵和心脏争吵

再没有别的女人
居住过
或者
留下过夜

# 口　哨

一声声口哨，吹成一串串
油菜花的羞怯，挂在低矮的门楣上
等待燕子归巢，五线谱上的脸
正在翻耕的水田上
来回不停地奔跑

蔚蓝的村庄上空，总是盛开
那些不安分的鸟鸣
繁盛的家族，瞬间按响
乡村的夜晚。一张张破烂的唱片
吼了日，喊了月，总是摇落
那些习惯夜行的
喜鹊

我的嘴，命令水稻不停地引诱
潮涨的耒水。高居枝丫的啁啾
日出而作，日落却不息
在空旷的山谷回荡
回荡成母亲悠长的叫唤
傍晚时分，村巷总是显得
格外拥挤

那些敞开的窗，站满好奇的眼光
来来往往的风，总想挤入秋天
苍黄的树，穿透高高的草垛
总想把月色藏在衣袖里
偷偷地掏给暗恋的姑娘
一声狗吠，惊醒了所有
沉睡的夜

雪花长成了山，开始有温暖的灶火
我围坐在爷爷胡须里等待
一朵朵梅花，开始精彩讲演
而忘了母亲忙碌的笛声，正带着
浓浓的年味，驶入我单薄的梦

刚刚醒来的阳光来不及入睡
我早已把故乡的春天
装进外出的行囊
异乡求学的路上
梨花如雨。口哨响起
匆匆，又匆匆

# 门前的桂花树

我总是在想
这棵桂花树
一定会挖锰
一定会打算盘
一定会做煤炭生意
一定会用偏方治好乡亲的病
一定会吸旱烟喝米酒
一定会算命看风水
一定会把最好的让给别人
　　　把最差的留给自己
一定会在生命即将终结时
　　　依然想着儿孙的美好

如果这棵桂花树
不会这些的话
为什么总站在我家门口
等待着我们的转身
然后用厚厚的绿荫
为我们遮挡狂风暴雨
为我们绽放浓郁的花香
为我们撑起宁静的夜晚

我知道这棵桂花树
是父亲种下的春天
如今虽然桂花已谢父亲已走
而这棵桂花树
依然站在家门口
温暖如故

# 忆 父

我的眼睛走了
那片油茶林还在
我的脚走了
那双破旧的解放鞋还在
我的童年走了
那幢老房子还在
我的心走了
那个痛苦的村庄还在

只有我的父亲走了
山上那个家也就倒了
一个弓着腰
坐在那一片油茶林里的
矮小土堆
装满了父亲一生卑微
装满了我一生悔恨

# 挖野菜

我长满野菜的手指
深深地扎进稻田
用力挖掘着春天的密码
总想破解儿子的
童年快乐

我时常把儿子
带到村庄的春天
赤裸着双脚亲近泥土
甚至用手指渗出的绿汁
催开那一片油菜花

其实，我就是想让儿子明白
无论在何时何地
自己只是一棵生长
在耒阳这片土地上的野菜

耒水是流淌一生
永不干涸的
血液

# 儿　子

儿子是家门口
那棵香椿树上
刚长出的一片嫩芽
每天像一只麻雀
总在我身边
不停地叫喊着春天

春天来了
嫩芽长出了三月
还有那飞翔的蝴蝶
在满是油菜花的田野中穿梭
走过来是春天
走过去便成了冬天

只有奶奶
紧握着孙子的双手
仿佛整个天空
成了她的笑脸

# 女 儿

风来了
耒河来了
对面山上的桃花来了
我的母亲从刚苏醒的乡村也来了
春天瞬间就站在
我的面前

正月来了
老房子前面
父亲栽下的那棵桂花树来了
岳父岳母跟着油菜花的脚步来了
那些争相盛开的鸟鸣
叫醒了我的夜

一阵春雷响过
女儿紧跟着春风来了
从此我在耒阳这片土地上
写下了一个“好”字
这是我此生留下的
最有力量的诗

# 梦回故乡

春雷响了，春雨下了
那些流浪的树叶和泥土
等待着父亲的犁耙
翻耕尘封的岁月
泛黄的记忆
在暗淡的河水中
漂浮

奔跑的行囊里
我用一束束绿色
点燃故乡的山
沉默的路
送我走向远方的手
还有那些羞涩的
梅花

在城市的水泥和钢铁夹缝间
我的心长满了苔藓
睡在一朵花蕊上做梦
梦来梦去
梦便成了城市张望的窗
蛙鸣和蝉声滋润了我的耳

稻谷和玉米长满了我的嘴
来自故乡的耒水
夜夜灌溉了
我的笔

故乡
在我的梦里走来走去
总也走不出半点
风声

# 春天如期而至

只要看见炊烟
就坠入童年
那里有装满故事的烟袋
也有站在村口张望的蝴蝶
来来往往的风塞满异乡的行囊
依然四处漂泊，等待村头
那一朵桂花的
召唤

走出爷爷那一柄旱烟杆
我就成为一列奔跑的火车
越跑越离故乡远
远到自己的心脏
还趴在旧屋前那口水井上
水车般地抽取着父母日夜劳作的
单瘦的牵挂

一片桂花叶
甚至一盏煤油灯
都残留着辛酸的记忆
那座破旧的老房子
依然是我日夜不眠的梦境

让我始终保持着回首的姿态
让我在受伤流泪时
只要看到熟悉的炊烟
所有的思念落满
心脏

春天如期而至
我也该回到那座老房子
拜见父亲
陈述那么多年的离开
以及留下的那些伤疤

# 速　记

把春天和稻香揽到怀里
瓷花碗才不会空缺
饥饿的年月
长满苔藓

孤独的眼眸
潜入夜的暗河
宛如银色的往事
化作庄周梦中的蝴蝶
凄美地坠入故乡
炊烟有了孕育的
胎声

距离故乡还有一公里时
我变成了一只小兔子
四处奔跑着油菜花
泥土一样的眼睛
走出城市
才显得如此像
星星

回到故乡
井水灌满我的胃
让我变得如此拘谨
一任洁白的寂寞
落满双肩
纷乱的思绪
瘦成月下那一条小径
一头挂在爷爷的嘴角边
一头系着我的脚

我的人生
从故乡这条山路
开始或者
结束

# 故　乡

离开故乡耒阳
我便患上一种叫作乡愁的病
在外时间越长病就越重

为了治好病
我想尽了办法
却依然病得浑身疼痛
哪怕一句耒阳话
抑或来自故乡的一缕炊烟
都将惊醒所有的
失眠

唯有故乡耒阳
才是治疗我乡愁病的
最好草药
若是再增添一点父母的叮嘱
必将药到病除
让我浑身缀满耒河
荡漾的一江春色

# 等待一朵花

等待一朵花
从唐朝的诗中走出来
开满我苍白的眼
只要伸出手
就抓住一大把炊烟
和四处奔跑的
鸟鸣

雨把春天打湿
整个四月待在家里
柳枝如此清瘦
那些穿上红衣的女子
敲开虚掩的柴门
以及背后浓浓的思念
抑或怨恨

等待一朵花
只是春天最后的
告别

# 阿　炳

看不见山泉流淌的纸
听不见月光蹁跹的腰肢
阿炳的手指宛若吴刚的斧头
砍出一路风景
震撼了数百里的
天空和历史

那一柄破旧的乡村
随地可见的二胡
颤颤地维持着鲜红的心跳
一如深入灵魂的血管
火焰般的春色
散落下来
大地闪亮

今夜没有月光
也没有流水
只有阿炳那双眼睛如此明亮
打开的书盛满了
来自四面八方的掌声

# 是谁潜入春天

是谁潜入春天
潜入我的土地
错落盛开的花朵再次芳香
明亮的月光怎样虚构
触摸不到的幸福

来来往往的风
总不停地吹拂着
早已成熟的稻穗走过故乡
我却再也找不到
童年和炊烟

有些词语一旦埋入
土地。就再也找不到
突围的方向
一如淹没水中的种子
再也钻不出思想的河面

雪花消融
山就长得更高
只有坐在石头上

才能想象一棵大树
和满山飞翔的蝴蝶
怎样挽留鸟鸣

如果一只鸟飞来
就有无数的词语落在纸上
留下无边的春色
连那小小的标点符号
也会唱出迷人的山水

但是
这个春天来临
我攀上耒阳城市这座山时
所有的鸟都已远去
只留下一江耒水
让我独自怀念

到底是谁潜入了春天
偷窃了我的故乡
让我从此成为
流浪的鱼

第二辑

# 雨回到夏天

觅　渡 / 钟敏华

# 梨花已落

梨花已落
带走几粒鸟鸣
洁净的天空
吹来了
临风而立
你的长发缠绕了
整个夏季

我坐在屋檐上
看你路过暮色
渐渐暗下来的眼神
我如凋谢的花
残留在初夏的枝丫上
等待抑或伤心

亦如朝露
背对那些散落的斜阳
期待你的归来
留下闪烁的
吻

# 稻花飘向哪里

稻花披着乡村的善良
沿着炊烟爬上七月
把白云画成金色
擦亮乡村那双忧愁的眼
一如太阳拧开黎明
放飞所有的冲动

稻花站在夏季画册中
投下了土地最坚硬的话
跨过田野的脸庞
同时呕吐出阳光的真谛
所有的掌声响成海洋
就是稻花最漂亮的裙裾

在乡村的田埂上
观看稻花蹁跹舞姿
宛若朗诵一首优雅的诗
从唐诗宋词的河流中
摇曳出一帧丰腴的江南秀色
贴住所有伤口的忧愁

稻花飘向哪里
哪里就是我的故乡
哪里就有乡村动听的歌谣
日夜喂养着城市的
胃

# 从中午开始

膨胀的心情
和一堆浸泡的日子
依然在昏暗的酒杯中
等待手执铁剑的男人
和怀抱幼鹿的女子

一切从中午开始
丁香般的诗句与爱情无关
鞭长莫及的耒河
灼伤了童年的湖

平平仄仄的耒水
至今还残留着杜甫
抑或蔡伦清苦的脸色
南正古街
此刻毒狠的阳光
正拼命地敲打着我

当我掀开一朵荷花
看见父亲的背影
正在酷夏的水田里
挥汗如雨

从天而降的耒水
带着水稻
涌进我的梦乡
一切从中午开始
包括我的生命

# 六　月

雨一瘦下来
六月就雄壮起来
阳光跟着好动的蝉
狗趴在树的怀里
不停地唠叨

蛙鸣
在黑夜里偷偷地
跳进城市的耳朵
不断地浇灌着
故乡那一泓泉水
清凉

此时
我的梦
重回到童年
重回到乡村那座
金碧辉煌的宫殿

# 乡　村

树上的每一片绿叶
都可以写一首璀璨的诗
河里的每一块卵石
都可以说一段生动的往事
稻田里的每一棵庄稼
都可以啃出父亲的希望
乡村的每一个角落
都可以唱一首灿烂的歌

一个乡村就是一部线装的古籍
一个父亲就是站在古籍里的一个字
从中掉下一个逗号
穿过唐朝的风宋朝的雨
便成了我

把最美的春色
剪贴在所有乡村的脸上
是每一个农民儿子
一生要紧握的
彩笔

# 雨意乡村

离城市最近的地方
就是距离乡村最远的日子
一场不期而遇的雨
让夏季湿透了心
挤不出一丝笑容

沾满水珠的手指
此时还在得意地敲打着
愁眉苦脸的乡村
天空闭起眼流着泪
封锁了阳光
所有的路

几缕炊烟钻出水面
张望四野
重又折回了家
稻花早已风吹雨打去

整个乡村
找不到燃烧的爱情
只有情书泪水涟涟
散落在房顶水淹着

等待粉红的夏娃
打捞

沉坐在一丛芳香的绿荷中
我用一支香烟
打捞到
父亲邮寄来的
一串串湿哑的
蛙鸣

# 写这首诗之前

写这首诗之前
我走过耒阳许多村庄
那些陈旧得
比我爷爷还要老的房子
是我日夜寻找的诗句

尽管那些房子破旧得
让我看不到多情的姑娘
以及完美无缺的爱情
所有的悲欢离合都已远离
所有的男人和女人
都已随着岁月的炊烟远走
只留下破碎的砖瓦
与门口那一对对石狮
沉默不语

我不知道什么时候
总喜欢走进来走出去
在耒阳每一个角落
寻找那些早已丢失的树根
以及淹没在地下的
那些笑脸和泪水

也许对于许多耒阳人来说
那些破旧的老房子
只是堆在眼睛上的垃圾
应该尽快拆掉
建造起一幢幢崭新的楼房
我却无可救药地
喜欢上了这些
旧桅、破瓦、烂泥
废墟的老房子

因为我知道
只有走进这些村庄
我才能找到
我的开始
写下最有分量的诗句

# 寻　找

太阳落山了
我还在那个村庄
还在那些破旧的老房子
还在那些精美而又残缺的格窗
用自己急迫的手势
按下历史的
心跳

不管是完整的还是残缺的
都已成为我行走的路
哪怕再多的泥泞和风雨
也无法阻挡我内心的向往
以及大声呐喊

我知道这些悲壮的呐喊
难以阻挡那些铜臭
我只能用低水平的相机
剪下耒阳大地上
最为美丽的
彩虹

# 史册里掉下的村子

史册里掉下的村子
直挺挺地站在我眼前
张望着来来往往的镜头
用那块破旧的红头巾
招呼着从城里跑下来的
好奇与惊叹

史册里掉下的古村
是一堆散落的古体字
横竖左右的巷道
就是历史刻下的皱褶
每一间旧屋就像一个隶书字
抑或是甲骨文
站成一排排仕女
等待着考古学家的暗恋
还有城市寄出的相思

谜语般的壁画
错落有致的木梁
守护千年的镇石兽
任凭风起潮涌
依然美丽如初

月光在每一个窗口
变幻出一首首流传千古的诗
让四处奔波的游子
何时回家都能找到路
村口那棵槐树
就是母亲张望的手
日夜不停地挥舞着
不变的笑靥

史册里掉下的古村
就是从母亲子宫里孕育的
生命开始

# 补　丁

故居老了
一如母亲蹉跎
村口那一棵槐树
依然凝望着春风
从他乡赶回家

那棵枣树上的荆棘
不小心划破了童年
结果白云跑了出来
炊烟跑了出来
蛙鸣跟着跑了出来
我的课本不知什么时候
被风吹成了河水

我的记忆
停留在故乡
那一片油菜花上
从一个补丁破口处
裸露了出来

昏暗的煤油灯
就是母亲的眼睛

把炊烟和土豆
密密地缝在衣襟上

一直缝补着
我从故乡到他乡
所有的伤口

# 古村落

站在山脚下
像远古时代青花瓷那般稀缺
每当我走近
眼睛变得更加近视
始终看不清古村
是从哪条路走过来的

黄昏坐在瓦当上
似乎想掏出更多的话
却变得更加沉默
高耸的野草站满了我的眼睛
曾经的辉煌和无言的伤感
残留千年的孤独和寂寞
此时显得更加不安

把一些泥土
烧成永恒的站立
在树与鸟的缝隙间
顽强地生长着
这是一种怎样的情怀

一路看尽繁花和落叶
人世间所有的悲喜
早已风吹雨打去

一条青石板路
带我走进乡村华丽的衣袖
却再也找不到出口
直至我的诗稿上
落满了膨胀的
乡愁

古村落留下
不朽的典籍和乐章
才使得我的笔
有了春花秋月
有了一生用不完的
耒水

# 行走古村

装满忧伤的行囊
越过满目的喧嚣
寻觅内心深处的圣地
期待灵魂庇护

摩托车飞过那一片油菜花
一幅盛开的国画闪亮我的眼睛
历史瞬间直立
我心中的碑

浑浊的天空远去了
浮躁的城市不再打扰了
推开一扇破旧的门扉
吱呀地响起远古的沧桑
流逝的岁月站成错落有致的窗棂
张望着行走的村民

青石板路小心地扶着我
斑驳的神台张大眼睛盯着我
生怕我的脚步惊醒了
那些早已酣睡的往事
和曾经的辉煌

行走古村
我感到无比快乐
而古村却满怀忧伤和痛苦
一如低垂的稻穗
在我内心疯长
金黄色的秋

# 老房子

高悬旷野的露珠
潜入苍凉的老房子
我正收拾着思想的杂草
闪光

金色的果实
比想象的诗句
更容易引起飞翔
抖落月光回归故乡
只为那些仰望
更圆

接近冬季的呼吸
我才读懂了你
留在空旷原野的燃烧
如火蔓延了
整个村庄

涂满红色的脸
不再苍白
胭脂般的笑
风韵不减

许多文字坠落地平线时
一如叶落归根

那些初恋的手
正跑向我
不期而遇的雪花
成为我最后的
回首

# 苔藓怯生生地探出头

苔藓怯生生地探出头
追逐着奔跑的风
还有那些顽皮的花朵
从瓦楞间钻出的笑
在陈旧的石磨上
分享着刀光剑影之后的
孤独而又宁静的
午后

那些沉睡的历史
还在不停地向下生长
稍有时间露出地面
等待主人的
招呼

来来往往的风
如此暧昧
总没有一个准确的
回音

# 古　树

山脚下
那一棵高大的老樟树
活得如此富裕
却一生淡泊

从出生到死亡
只有风知道她的欢笑和忧伤
哪怕短暂的停留
也只是路过

一如盗火者的眼睛
坚实而温暖
即使死亡
也要高高举起
信仰和幸福

# 木　窗

我曾经用许多时光
直入群山深处
看见山峦爬上了木窗
河水跟着爬了上来
所有的历史留下镂空
走进春天

耸起的山
盛开的油茶花
还有那些奔跑的节气和谚语
以一种平静的手势
站在我面前指点江山
自古而来的耒阳
沿着耒河
慢慢摊开真实的脸

那些打制过耒耜的木窗
那些镂刻下庞统治县背影的木窗
那些糊着苍黄色蔡侯纸的木窗
那些埋葬了杜甫诗句的木窗
那些掀起湘南暴动的木窗
如今成为耒阳

早已挂失的灵魂
无处安放

作为一个过客
我除了用照相机装下
一个个破烂的木窗
带回家嵌入诗中
还能有什么办法
唤醒那些迷失方向的
无知和世俗呢

# 石　磨

破旧的房子里
粮仓还在
灶台还在
却没有了一粒火星
只有一架石磨
安静地蹲在原地
空着肚子

早已搬走的老人
住进了新房
却把一架石磨
遗忘在过去的时光里
独自怀念

来来往往的风
偶尔安慰一两句
石磨钢铁般的站立
一如那些破旧的老房子
始终坚挺的骨气

# 农民工

紧紧地把暮色
裹进蛇皮袋
满嘴乡音夹杂着
汗臭和土腥味
乱蓬蓬的头发
一如长满山坡的野草
劣质的旱烟
吐出城市
一幢幢高楼

背对火车的方向
就是树根生长的地方
而今却渐渐地远去
变成一滴滴汗珠
挂在城市的脚手架上
叮咚敲响儿女的课本和餐票
以及一家人香喷喷的
年夜饭

# 铁　匠

那个靠着河边的小木房
铁匠用力地捶打着白天
和黑夜

想念母亲了捶
想念隔壁的女人了捶
想念远在广东打工的儿子了捶
心里起浪花了捶
脱光衣服光着膀子了捶
歪着脖子喝醉酒了捶
翻过来捶翻过去捶

他知道全家人都靠着
他那个大铁锤捶出一年的稻谷
但铁匠却更希望捶出
一把把镰刀、镐头和菜刀
捶出一座座房子的炊烟
却怎么也想不到
他捶出了
我一整天的火花

# 三　叔

走进城里
三叔用坚硬的耒阳话
和无数棵稻草
架起了一幢幢高楼
却让自己扛着冬天
回家过年

在城里
三叔的一年
被那些可恶的广告
拐走了所有的汗水
再也换不回侄子的书包
从此，侄子也成为
城里流浪的砖头

从一个建筑工地
赶到另一个建筑工地
仅仅希望得到
比稻草更香的日子
却总带着一堆破旧的衣服
躲在无人知晓的炊烟里
流泪

从此，三叔发誓
侄子也跟着发誓
宁愿化作水田里的肥料
也再不做城市里的脚手架

# 想起二舅

端午节
回到姥姥家
在那条小河边
又想起我的二舅

那年也是端午节
小河涨大水
一根树木不停地
叫喊着救命救命
二舅一个猛子扎下去
从此变成了粽子

那年二舅比我大五岁
到今天他却比我小二十岁
往后每过一年
他就比我小一岁

无论他比我小几岁
总是我的二舅
让我一辈子
都痛恨姥姥家那条小河
痛恨端午节

其实，让我最痛恨的
还是那根叫救命的树木
为什么不把我二舅
也救上来

这一根树木
拦在我和二舅之间
如同一根肋骨
总是横在我
胸前
痛

# 一只粽子

一只粽子
来自楚国的粽子
从屈原手上掉下的粽子
沾满了柴火灰和耒阳话的粽子
来不及从乡下跑进城里的粽子
站在端午的路口
直挺挺地横在母亲的结肠里
搅乱了回家的雨

母亲痛苦地瘫在雪白的粽叶上
不停地呕吐着
呕吐着来不及消化的时光
呕吐着已经消化却迟迟不走的苦难
呕吐着我们无比着急的奔跑
呕吐着楚王的昏暗
呕吐着屈原的悲愤和无奈
即使把所有历史呕吐干净
却还是找不到屈原当初跳下的
那个渡口

南来北往的风
看不见也摸不着

却左击右打上蹿下跳
也难以突围屈原那一声叹息
不间歇地撞击着一字不识的母亲
即使翻江倒海
也溅不出一行诗句

而我却愿意化作一根棕绳
牵出母亲痛苦的耒水
哪怕只是一段划龙舟的号子
也将让母亲安然度过
涨水的端午节

# 村　口

水井旁边
一朵夏荷正朝着
村口那条小路
痴痴地笑
一如嫁出去的女儿
跑着小步赶来

童年依偎在母亲的怀里
张望着远道而来的风
竟然大声地哭了
许多年过去
女儿已长大了
母亲却已老了

嫁出去的女儿
带回的不再是童年
而是怀抱着的儿子
只要走出村口
就不再是当初的
井水

# 乡 音

比铁更能钻入骨头
一粒鸟语就能唤醒春天
甚至触动爱情的开关
那些沾满泥土的玉米
在陌生的城市里
格外金黄

一阵蛙鸣响过
水稻开始穿行
在铺满月光的城市
显得更加苍老
远离三月的炊烟开始感冒
甚至严重得咳出血来
也沾满了善良的热气和胆怯
生怕城市里的红灯
逼停

繁华的街道上
面对四处奔跑的手
我用坚硬的胎盘
守望着来自故乡的
乳汁

无论在哪里
只要我一抬起脚
城市就看见
我是从西边那条路
走来的

路的尽头
正居住着我那不识字的
娘

# 打开窗

打开窗
一沓蛙鸣
掉进我那摊开的诗集
摇醒沉睡的
故乡

夏夜的海洋上
我只知道向着远方航行
而忘了携带回家的
罗盘

幸好今夜
有蛙鸣
让我敲醒
故乡和母亲

是该回家了
是该到乡下看看母亲了
是该去听听那水稻抽穗的
童谣了

# 旧屋就是犟

旧屋就是犟
怎么也不愿住进城市
独自坚守着村庄那些寂寞
每次回家我都看见
他独自在那棵桂花树下
晒太阳
和一丛四季竹
相对无语

那棵桂花树比我大一岁
弟弟打电话说
有人出钱要买
我始终没有同意
因为旧屋年岁已高
只剩下桂花树一个伴了
我不想让旧屋
如此孤单

旧屋是父亲用双手建起来的
桂花树也是父亲栽下的
而今父亲走了很多年
却留下一张脸站在旧屋里
日夜不停地笑

母亲、弟弟、妹妹和我
都走出了旧屋
只有父亲望着旧屋笑
旧屋望着桂花树笑
桂花树望着旧屋笑
旧屋也望着父亲笑
所以我没有理由拆掉旧屋
更没有理由卖掉桂花树
就让这三个老伙伴
日夜相依为命

每次回家
我都看见旧屋和桂花树
还有父亲笑得很春天
但我却怎么也笑不出来

# 酷　夏

一只只蝉
坐在樟树上
不停地敲打着夏天

有的攀附在肋骨上
有的钻进胃里
有的停在肾沿
有的即将滑出尿道
透明地
闪着灯黄

打开眼帘
一根根坚硬的骨头
击穿耳膜
我看见狗举起
长长的树枝
总想打下酷夏的
蝉鸣

# 夏 夜

路过的风
不经意在乡村
那个偏僻的池塘里
丢下一片月光
美丽的少女
站在碧绿的荷叶上
暧昧地笑

那些偷窥的蛙鸣
趁着黑夜
不停地不停地大声
表达着爱情

那些丰满的少女
却不把火热的攻势
当作一回事
只想让淡淡的口红
留在村庄的唇边
过夜

# 萤火虫

一朵桃花
从五月的发际滑落
点燃了乡村的
眼睛

带着泥土的芳香
星光般行走
让整个夜晚
过敏

最后的春色跌落
哪怕一点点
也将发出
优美的
邀请

那些在夜里
行走的星星
才是乡村最明亮的
诗句

# 屋檐上的雨

挂在屋檐上的雨
打湿我回家的路
故乡从此
成为我行走远方的
拐杖

其实
我的行囊中装满了
故乡的山水
和父母亲的叮嘱
还有童年的
时光

只有想家时
雨才会来到我眼前
提醒我，故乡那晒谷坪上
还有尚未收拾好的
月光

# 蛙　鸣

是夏日的雨水
还是父母的叮咛
羞怯的晚霞
惊醒忙碌的城市
站在窗前聆听泥土
敲响夜

顺河而下的蛙鸣
和那些碧绿的荷叶
越过灯红酒绿的围剿
伫立于我的窗台上
掀起一波波涟漪
溅湿我的眼

一只鸟飞了过来
从耒河那边从遥远的村庄
飞到了城市紧闭的窗棂上
长高的楼群不再贫血
我枯萎的日子
也不再是无盐的抽噎
站在这个城市二楼的窗口
一地蛙鸣照亮夜空
宛如耒河涨满稻香

潮汐在月色中行走
湍急的河水汹涌成碧绿的街树
那些等待收割的稻谷
低垂着微笑的枝丫
在梦想中行走的乡村
在城市的窗口
再次响起昨夜的星火
冷漠的风
不时地撕裂着

忏悔的语言
一如苍白的酒
滔滔不绝地拍打着
城市边缘的我
站在乡村与城市的夹缝之间
我看见蛙鸣如耒水汹涌着
来自乡村的激情表演

苍白无盐的日子
镂空了的城市窗口
不断地传染着苔藓的气息

窈窕的纱帘残留钢筋与水泥的疤痕
不期而遇的蛙鸣
一如晃悠悠的钟声接踵而至
送凉茶的邻居小妹递上初夏的思念
整个城市沸腾着乡村
清凉的泉水

一个夏夜和一个城市
那一扇捅开的窗台
清澈如水的蛙鸣
从一垄垄碧绿的稻田走来
走进一页页暗淡的诗笺
喊醒满天的星光

# 听 海

多年以后
那些远山的鸟鸣
一次次地唤醒
我忙碌的日记本
许多词语生锈
一如长年居住在村庄的苔藓
总渴望盐的稀释

蓝蓝的碧空
奔跑着海浪
飞鸟从寂静的日子
夸张地掠过
深不见底的想象
从银沙的断层抠出贝壳
一如海上月光
铺满我的床

干燥的夏季
寻找着海的足迹
把希望捆绑在腿上
走了很远的路
走了三十年

才走到海的身边
原以为能找到那件红裙子
和苹果的初恋
饱尝一口看不见眼泪的海水
走出熟透了的灯红酒绿

越过一座古桥
看见那一幢幢砖瓦房
想起童年的风筝
泛金的油菜花和不知名的野草
还有等待盛开的荷花
依然站在三月的窗口张望
一对对走近的燕子

坚固的石头依然缠绵着海
腼腆的杨柳把水稻
揉搓得满脸红润
一个海浪就掀起
清纯甘甜的
乡愁

# 走出村口

走出村口
走出父母的眼睛
我就成了无家可归的野狗
日夜流浪在诗里
想念村头那口水井
想念母亲烧煳了的米粥
想念父亲用竹鞭
抽打的痛

走出村口
走出碧绿的群山
我注定一生都在寻找
通往子宫的脐带
日夜向着槐树和稻穗奔跑
用泪水灌溉四处疯长的樟树
所有的树根
朝着故乡的方向
急行军

走出村口
我是一个塞满泪水的包裹
或是一张没有起点和终点的车票

或是一瓶52度的张飞酒
或是一只沾满月光的枕头
所有能够让我想起故乡的菊花
成为我嘴里的
可口可乐

三十年的异乡流浪
我不再是碧绿的青草
日夜疯长着故乡的炊烟
独自在远方
在每一条街巷
不停地转弯

只有不停地转弯
才能碰见故乡
火热的心
还站在原地
等待的眼神
恰似槐树下的母亲

# 雨回到夏天

雨回到夏天
回到耒阳
我就知道母亲
赶回了家

母亲
总是把那些反复叮嘱过的话
挂在我的耳边
挂在我那生锈的
笔尖

雨回到夏天
我知道要写诗了
即使淋湿了
纸上也会
涌起一朵朵
耒河里的浪花

## 消失的村庄

一群麻雀消失了
连一棵槐树也消失了
一幢幢高楼长满一丘丘稻田
我的村庄不再是三月的燕子
而是城市巨大的胃

大街小巷车水马龙
城镇灯红酒绿
那些失去名字的哭泣
甚至连一只只粉红色的乳罩
也塞满了村庄的每个角落
深深地刺伤了我的眼

那片肥沃的土地
如今只能生产出工厂和城市的欺诈
日夜不息的浓烟和喧嚣残留着乡亲的哭泣
下水道日夜流淌着城市膨胀的欲望
再也生长不出绿色的呼吸
甚至连最后的记忆
也被堆积的钢筋水泥
刈割了通往母亲的血脉

村庄消失了黄牛和牧笛消失了
犁铧和蓑衣消失了
我的风筝和童年也消失了
村庄的一切都消失了
消失得那么干净连今晚
最后一片秋叶都来不及回家

我的村庄那些芬芳的花草
那一双双沾满泥土的手
都消失在我的仰望之外
快得连风也追不上

在一个雪夜里
我在一首唐诗中看到我的村庄
小桥、流水、人家真实得
我从来没有如此地伤心
那一刻我哭了
为我已消失的村庄
也为我丢失的童年

## 无论走多远

无论走多远
我都无法走出村口
那棵弯腰的槐树

城里的雨凉了
结冰了
挂在屋檐下
夜夜铬痛我

我的胃是黑色的
吃惯了炊烟和稻草
甚至那一堆堆牛粪
也都成为我最可口的晚餐

那些冰糕和可乐
让我的胃失去春天
只要我一碰到灯红酒绿
我就不断地呕吐
呕吐出那些黑色的
下水道

在这个城市里
我只与我的背影
成为邻居
所有的笑脸
都不过是垃圾桶里的臭虫
让我感到手足无措

一如进城的三叔
站在十字路口
望着来去不停的车
不知该向何方
走去

# 城中村

在这块狭小的绸缎上
高楼一幢幢地拥挤着
一扇扇洞开的窗
如同一只只涂着口红的嘴
吞噬着残留的泥土
留下一堆钢筋和水泥
让历史的刀刃
辗转反侧

大街小巷游荡
香水冷气的狂热
短衣短裤没了袖子也没了
腹肚没了背部没了
胸部却更加坚挺
迷你裙迷得大腿裸露
如同随时会掉下的
月光

城市的窗口
站满了灰尘站满了诱惑
还有许多口是心非
赤裸裸地踩在头上

来不及招呼
楼下匆匆跑过的春天
以及那些躲藏在街巷背后
暗自悲伤的
古村

# 日　子

我知道日子
只是一张钞票
可以买下一杯茶
和一个温暖的下午
可以买下一本诗集
和一个子夜
可以买下一间书房
和一个淡黄色的周末
也可以买下一堆盐油酱醋
和一家人团聚的笑脸

我也知道日子
只是一张远行的车票
当我走出车站
蓦然回首
所有车次都开出
留下空荡荡的背影
和空空的行囊
独自走回家

想着想着
河边的柳树发芽了

还没等我赶到
燕子飞走了
荷花开了又谢了
家门口堆满了
厚厚的雪花
盖在我头顶上
也许是一年
或者是更多的时光

故乡的树
一如城市的灯
照亮来自冬季的蜡梅
才突然发现我原来的黑头发
变成了白茫茫的雪花
才知道所有的日子
不过只是开灯与熄灯
那一瞬间

# 想起爷爷

最后一朵花
从春天头顶凋谢
所有的鸟都已嘶哑
再也唱不出满山的碧绿

爷爷轻轻吐出烟雾
岁月便停止燃烧
许多奔跑的树
匆匆赶回家
扑倒在地
痛
　　哭
　　　　不
　　　　　　起

爷爷赶赴遥远的城市
看望远去的战友
来不及通知所有子孙
孤零零地走了走了
突然一声巨雷
连根拔起一幢高楼
雨下得　雨下得

比河水还大
比河水还猛

一根根刻着悔恨的梧桐
站在山前湿漉漉地
守望着
爷爷的旱烟袋和拐杖
没有温度的土
填满了天空

爷爷常常行走在村庄上空
钻入城市的夜
拧醒我沉睡的梦
把一堆堆燃烧的月光
洒满我空荡的田野
让我想起童年
和那些不眠的日子

# 酷暑滑过父亲的后背

从稻穗中升起的河
在六月上空泛滥
田野上
一声声蛙鸣
响起

父亲扛起黎明
扛起那一轮烈日
扛起晌午
扛起一家人的仰望
弯下腰
弯下所有的时光

在烈日下的田野
我听见酷暑
滑过父亲后背的欢笑
我更看见父亲
喘息的泥泞

# 母　亲

岁月编织成皱纹
阡陌交错
一如故乡的山峦
穿透我日夜冰冷的梦

扯一段碧绿的童年
背上那些喧闹的蛙鸣
一如锄荷的月光
煤油灯下依然闪烁着的身影
缝补着破旧的天空

枕上梦想，碾碎晨光和雨露
赤脚走进那片黄土地
一如远走时，面对村头那棵古树
跪拜

把母亲的叮嘱装进行囊
带到远方，带到每个角落
从此，我的人生
风和日丽

# 女儿被蚊子叫醒

蚊子咬得
夏夜不停地
啼哭

一颗颗星星
在我女儿头上
不停地闪

而我的眼睛
早已打湿
蛙鸣

# 夏夜读李白

闭上眼睛
我听见叮咚的泉水
从李白酒杯中
流出广漠的草原
还有奔跑的野马
和歌唱的红衣少女

清凉的泉水
流过酷夏的夜晚
流过单相思的书房
流过我早已抛荒的水田
把所有的灯红酒绿都带走
只留下一本《李白诗歌全集》
把我的灵魂泡进空调
长眠不醒

路过李白诗集
那些生动的少女
把我带进一片云的高度
在今夜花落满地
李白的酒
一如深沉的夜色

四处奔跑
我来不及端起酒杯
浓浓的酒香
醉得我无法打开
月色

夜再深
即使我闭上眼
也能看见李白的心跳
以及无数复活的灵魂
在我面前奋勇当先
奔跑

第三辑

# 秋天开始安静

新市古街 / 钟敏华

# 油茶花开

油茶树叶上的露珠
宛若衣襟上
一粒粒金色纽扣
点燃清晨

掀开被子
炊烟跑出夏天
披着秋风的衣裳
在苍老的中年与乡村间
行走

阳光走进村庄
又走出水稻的怀抱
在金钱与亲情之间
徘徊了一次
又一次

沿路都是
疼痛的枝丫
以及凋谢的花朵
洁白而又忧伤

一如停留在村庄里
却至今怀念的
奶奶

# 秋

一片黄叶
辞别枝丫
秋就摔倒地上
再也爬不上夏的堤岸

冷冷的秋风
刮着乡村愁苦的脸
落满一道道
伤痕

把秋系上腰带
金色的稻穗
才能让乡村安稳地
跨过年关

# 秋　荷

像一位年迈的妇人
独自站在湖中
不停地向远方张望
抑或是想起难忘的初恋
抑或是等待着无尽的牵挂
抑或是不甘心
就这样走进死亡
久久地怀念着
美丽的人生

湖面还是那样的平静
平静得没有一点点波澜
金色的阳光落下来
离去的足音
时时叩痛湖面下的藕根
打断了肋骨
还连着心

岁月不再
残缺的荷叶
在风雨中不得不
低下高贵的头

在风中傻傻地等待
只能是一种无奈的结局

是不是有人想起
也无关季节变换
更无关你是否依然归来

# 秋　夜

是谁用一块厚厚的棉布
蒙住了我的眼
让我看不见蝉鸣
听不见落叶优雅的舞姿
让我想不起远逝的初恋
更让我触摸不到
父亲的背影

从此
秋夜便成了我一生
最仇恨的词语
哪怕再多的月光
也不能让我
重新爱过
哪怕铺满记忆的床
也不能让我留恋

# 秋已来

秋已来
夏却不想去
依然用双手紧紧地
抱着树紧贴街道
拼命地摇晃着太阳
到处溅起火花

风随秋来
雨却久久地不想下来
那些渴望的花草低头不语
拒绝着太阳的热吻
却无法抵挡来自土地的
坚守

秋已来
而我的思念
还在耒河对岸的山上
等待月亮
等待那一朵美丽
今夜驾到

# 一把月光

一把月光
洒进铜镜般的池塘
等待国际公馆十三楼
张开的窗后
那一双近视眼
上钩

一片落叶掉下
又一片落叶掉下
来自故乡寂寞的灯光
此时温柔地伸出
思念

平静的池塘
飘荡着一丛丛白茅
而隐藏在水中的
却是失眠的
夜

# 红　枫

挣扎、哭泣和无奈的呐喊
没有商量的余地
枫叶哭红了脸
也只能坠落
悲壮地辞别绿叶
伸出的爱情

没有任何理由地坠落
成为枫叶一生中痛苦的选择
向上是那些无情的眼睛
向下是一堆等待的嘴唇
生命在辉煌的顶峰
开始坠落

生命和泥土般的人生
从春天到秋季
只是一片红枫的距离
其间又有多少经历
流淌着鲜红的痛苦和无奈

又一片红枫落下
落在我摊开的掌心

瞬间淹没了我所有的
仰望和等待

秋风起了
我的心开始凉了
不堪回首的日历
落满了枫叶
还有夜夜坠落的秋露
痛苦地呻吟着

# 下雨了

下雨了
屋顶的炊烟
开始激动起来
不停地叫喊着
快收起晒谷坪上的
秋天

父亲正在水田里
把最后的一点酷热堆起来
以便到了明年
再收获成熟的脸色

还来不及回家
雨就下来了
所有的稻谷都淋湿了
还有母亲那担忧的眼睛
不知怎样才能
安静地度过
除夕夜

# 今夜星光

今夜的星光
为谁而祈祷
为谁而泪流满面
为谁而流下一地忧伤
我倚在江南
眼望着窗外无数的蝉鸣
想起父亲
想起因病医治无效
离开我已四年多的父亲

爷爷召唤父亲
死亡　一张无边的黑色灵幡
在那幢破旧的瓦房
掩盖了我所有的希望
父亲在痛苦的折磨中越过
水稻和河流的堤岸
到达河堤的对岸
一朵朵桂花
成为我一生的
长跪不起

父亲走了四年
却始终走不出我仰望的夜空
今夜星光和着千家万户的灯光
次第亮起
在我每天必经的路上
洒下一路
桂花

# 油桐花

每到秋天
她就张开彩色的翅膀
在蓝天不停地跳舞
那长满果实的油茶林
总是抬起头
凝望着她那白里透红的脸蛋
张开双手，总想
接住她不经意间滑落的
月色

而她却总是仰起头
追逐着白云浪荡的足迹
为了博取太阳的青睐
她用尽心思
放飞一群群飞舞的彩鸽
弥漫的浓浓醇香
正是她那滔滔不绝的表白

我总想再多给她一点时间
让她开得更久些香得更远些
因为我的父亲
就在她的对面痴痴地坐着

我每年只有清明节
那天陪陪父亲
除此外的日子
只能委托她
日夜陪伴他
让秋天成为她与他
共同盛开的花朵
无论是白还是红
都是这块土地上
最后的结局

# 石　鼓

题记：2006年9月23日，与衡阳诗友相聚于石鼓，诗以记之。

湘江　浸满蓝墨水的湘江
越过石鼓越过仲秋
直流而下　坚如磐石地
坐下　坐下
满地雁鸣

桂花穿着米黄色的衣裙
在仰望的枝丫上
蹁跹起舞
抖落万里碧波
涌入茶杯

诗与诗的相逢
不见飘零的桂花
但见千年石鼓
从历史上游
流下一句句秋香

# 月光如水

月光如水
红枫开始思念
一片即将坠落的秋阳
让我看见故乡

漫过房顶的河水
开始泛滥成一种绝症
只有离开了家乡的足音
才会如此不堪一击
哪怕只是一阵蛙鸣
也让我一夜无眠

此时
我坐在城市的空调里
疯狂地放飞所有的想象
回不了家看不见父母的叮咛
只能用酒和着一张张圆形的日历
嚼食一粒粒词语
满地的背影
都是来自故乡的水稻

月光如水
我的思念如水
在中秋节的落叶下
我只是一张等待起程的车票

# 秋天开始安静

秋天开始安静
阳光从枝丫上落下
所有果实羞羞答答地
在回家的路上
行走

其实
我也只是秋天的
一片树叶
把所有日子收集起来
开始回家

如果还有什么话要说
那就是等待
等待雪花
等待一年的时光
以及行走的背影
留下

秋天安静下来
意味着丰收的到来

而我手中握住的
但愿不只是
一粒稻谷

应该还有
留在树上的那些柿子
以及依然碧绿而生动的
土地

# 马阜岭

把自己丢进那一瓶墨水
用浓浓的秋霜
盖住疲惫的背影
以及白日的繁忙和无奈

夜幕下的马阜岭
除了厚重的黑色
没有惊醒一粒鸟鸣
也没有惊醒一句雷声
甚至没有惊醒
哪怕轻微的涟漪
也没有月光荡漾

坐在夜色中央
四周围坐着浓烈的风
点燃一支香烟
在巨大的黑幕上
烫出一个圆洞
马阜岭山下
那袅袅飘荡的晨曦

就这样
马阜岭的夜
在我站起时
早已退回到秋季
连同庞统、杜甫和诸葛亮
那些美丽的传说

耒阳这座城市
从历史最深处
渐渐地站了起来

# 在异乡

流浪的白云
寻找着童年的月光
在一个等待盛开的夜晚
点燃一河蒿草

仰望大雁北去的身影
我的面颊枯萎成了疲惫的花蕊
眼睛澎湃成江河汹涌的浪花
耳朵缀满三月的柳絮
和初夏的蛙鸣
多少年了
故乡还是如此地暗香浮动

我走出故乡的脚步是寂寞的
我在他乡流下的泪水是痛苦的
我每夜想起的月光是孤独的
一如今夜的我
街巷上踯躅的身影

曾几何时
在故乡梦想着远方
企图用双脚走出阳光

而多年的悲痛
让我想起那些温暖的目光
想起父母的叮嘱妻儿的牵挂
想起故乡那条童话般
青石板路上
残留的初恋

流浪的包裹里
只有岁月压扁的太阳
每天夜晚我坐在空荡荡的窗口
朝北仰望
一如仰望故乡的日出日落

在异乡
我学会用自己的嗓门高唱情歌
但我不能说出心里话
因为想起故乡我就满嘴泥土
在这个城市找不到
停靠的爱情

# 悄悄打开窗户

悄悄打开窗户
故乡匆匆赶来的炊烟
挤进城市的书房
安静地端坐在空白的纸上
一行行摊开父母的叮嘱
安慰失眠的
离别

在耒阳这座城市一幢高楼上
一颗星星微小
始终在黑暗深处
不停地咳嗽
总想把内心的思念
呕吐出来

悄悄打开窗户
我看见干枯的树叶上
来来往往的风
一如父母忧伤的眼睛
始终盯着儿子离去的方向

哪怕落叶再多
哪怕雨水再大
也终将点亮孤独的夜
以及远方行走的灯

# 怀　念

月光擦拭呻吟
将你散落的梦呓
寄给黎明
怀念只是一束夜来香
在无人的子夜
独自欢笑

把怀念折成千纸鹤
让所有的花朵
都向着太阳升起的地方奔跑
奔跑到时间的尽头
拥抱那一袭火红

忧伤的灯光
依然照亮城市的窗口
一双美丽的眼睛
眺望着远方
流下怀念

# 你的生日

今天是你的生日
我却不能赶到你身边
为你唱一首生日歌
送上美好的祝福
但我还是希望
从湖南赶过去的秋风
捎去我的心脏

今天是你的生日
无论你在哪里
无论时光流逝
我总记得在河之北
有一朵花
开在最耀眼的枝丫上
闪亮

一袭红裙
是最美的风景
点燃最初的相遇

# 今夜想你

不敢打电话
不敢发微信
也不敢打开QQ
总是不停地翻看着
手机里的照片
看着你款款走来
一如那些相处的日子
依次打开幸福

手机安静如同你
始终没有传来的音讯
只有秋风
猛烈地刮着
失眠的
夜

记得你失眠
夜里总是醒来
坐在黑暗里
等待黎明中升起
第一缕阳光
亲吻

我不敢睡
也不想睡
更睡不着
只是不停地
在微信中编发着文字和图片
希望让你看见
我的思念
你没有点赞也没有点评
我知道
你今晚安睡
如星星

我不善于说出
带着甜蜜的花朵
也不会冷酷地转身而去
只会默默地用折磨自己的方式
表达内心的思念
也许你不知道
也不想让你知道
我怕你因此
失眠

我想你
今夜
无时无刻
一如今晚悬挂在窗台上的
月亮

# 有谁能填平

有谁能填平
那些高低不平的山路
那些被秋霜打伤的月色
躲进炊烟的怀抱
再也不敢穿越稻草垛
偷看流泪的煤油灯
缝补衣袖的母亲

走进深秋
走进那些落叶下的村庄
我只能用那些青涩的诗句
用一垄垄金黄的稻谷
祭祀埋葬在油茶树丛中的父亲

我没有在桂花盛开时
赶回村庄
赶回村庄里的旧屋
赶回父亲用生命建起的家
我从此成为流浪的狗
日夜号叫

# 思　乡

那些被雨打湿的鸟鸣
被风吹散的晚霞
被一棵坚强的树
抓住五千朵花蕊的
疼痛

站在城市高楼的顶层
守望来自故乡的
一朵白云
照亮黑布鞋的孤独和寂寞
还有那些沾满泥土的梦呓

是谁在秋季
让那些美丽的月光
邮寄来母亲的牵挂
使我的黑夜不再黑暗
是谁在黎明的露珠中
看见自己流泪的脸

天堂之上的故乡
一盏失眠的灯
端坐在房中

聆听来自天堂的音乐
清凉如山泉

浸在祭酒的月光里
碧绿的村庄
还有那些纯朴的红薯
被十月的阳光
燃烧成一座永恒的高山

沿着凝望的目光
向故乡爬去
总也爬不出那些难忘的往事
就像一只只蝴蝶
从我的笔下
飞出一句句浓郁的
想念

# 风起时

风起时
云还没有散
所有的树叶也都
没有枯黄和凋落

所有的山林
都已开始低头
那些结满果实的油茶树
还在等待
归来的游子

再多的炊烟
也拉不住老去的村庄
留下的只是繁华
背后的落寞

一如我的爷爷
蹲在老房子的墙角
看不见自己的
背影

# 童年忆趣

月光爬上黑夜
秋露正沐浴着水稻
寂静的乡村
捎来一滴滴冰凉的水珠
钻进今夜我的书房
落下满地芦苇

躲进草垛的眼睛
寻找着红花衣
小鸟正在枝头上凝望
等待归来的水牛

即将坠地的落叶
潜入古香古色的街巷
犁铧、斗笠和顽皮的童谣
还在那棵老槐树下
和蛙鸣一样
响亮地唱着

月光流进荒凉的诗页
我的笔尖
沾满了故乡的炊烟

从而流出青草
流出爷爷的胡须
流出内心惊醒的云朵
流出浓浓的乡愁

打开夜晚
满地都是童年的背影
风一样吹开
岁月忧伤

# 词语深处

从词语的深处
打捞黄金般的麦粒
宛若西山上的晚霞
挂在那一片土地上
照亮这丛竹林
也照亮每一张面孔
灰尘的暗黑

只要有诗
再忧郁的秋
也将挂起一轮明月
高高举起的酒杯
盛满碧绿而浓稠的生命
此刻正奔跑在梦想的
黎明

词语深处
总有意想不到的惊奇
汹涌而来

# 离开故乡

把那些飘荡的闲散时光
捆成一个下午
坐在十三楼阳台上
开始垂钓
暮秋

把体内孤独的诱饵
抛进那些叶子飘落的树上
抛进那一池清淡的秋色中
抛进那一群无言的山峰
抛进炊烟下的村庄
总想把隐藏已深的童年
和乡愁打捞上来

那些来来往往的风
总是不停地掀起波浪
总是不断地撕咬着抛出去的诱饵
直到银质般的月光上钩
也没能将故乡
钓上来

我知道
离开了故乡
无论采取什么方式垂钓
都无异于大海捞针
那一汪浩瀚的海洋
只留下一滴滴
秋露

# 凡·高

从法国偷渡过来的向日葵
花瓶里金色的凡·高
半只耳朵割下
手枪响起苍白的麦田
闯进江南的夜晚
狠狠地鞭打着我的眼
鲜红的月光
如此疯狂如此沉重
我的心碎了

打开一页页泪水和血痕
一堆向日葵严重营养不良
没有面包没有可乐甚至没有自由
那一片片鲜红的花瓣
流淌着凡·高的生命
和痛苦的渴望
那些贪婪的手和歧视的眼
疯狂地摧残着一朵朵向日葵
在阳光下生存
成为历史上沉重的哲学课题

一朵朵价值连城的向日葵
买不到一张灿烂的笑脸
和一块温暖的面包
有谁想起那只哭泣的耳朵
仅靠着白开水便成就了
让人类惊叹的结局

在这个深夜里
在这个充满欲望与贪婪的秋季
有谁会想起凡·高
和一朵朵向日葵鲜艳地
等待一个面包
哪怕是一点点
也将成为一种福祉

游过鲜红的河流
关起1966年的枪声
等待黎明
不再看见向日葵
流血

# 中秋诗会（组诗）

## ●诗醒着酒已醉

从竹林深处飞出的桂花
点燃了这个夜晚
所有被赶跑的风
此时齐聚在泉水湾
照亮日子内心
哪怕一截短短的竹筒
也让我度过黑暗的漫长

一如耒水从遥远的遥远赶来
静静地坐在无边的秋色中
聆听竹林摇曳的一幕幕
真实的表演
即使夜色再深
只要有诗
哪怕没有月亮
一切都将
洁白

此刻风醒着而月已沉睡
唯有遍山的夜色
无情地包围着所有的美好
那些隐隐闪光的村庄
也随着落木萧萧的中秋
渐渐地没入群山
耒水掩盖了所有等待的足音
那些历史般的思念

此刻诗醒着而酒已醉了
唯有这依山傍水的泉水湾
正激昂地指挥着
来自四面八方的词语
以及那一张张熟悉或不熟悉的面孔
生动地演绎着美丽的秋色
涌现竹筒酒透明的
思想

## ●来了

风来了，桂花也来了
舞来了，歌也来了
诗人也跟着来了
美好的词语都跑来了
站在泉水湾前
那一张张光亮的面孔上
一如明月照亮
夜空

陈群洲来了，聂沛也来了
郭密林来了，李霞、罗诗斌、李小英也来了
一大堆闪耀着光芒的名字
纷纷坐在我的面前谈笑风生
成为今夜最迷人的酒杯
灌醉了我

因为诗
我们不再陌生

即使再陌生的距离
瞬间也紧紧地握着激动
哪怕再多的夜色
也无法阻挡诗人伸出的
虔诚

## ●红久的电话

接过诗斌的手机
我便听见天山的雪
从遥远的乌鲁木齐飘了过来
浓浓的乡情
一如浓浓的酒
在这个夜晚瞬间发酵
一如喝醉了的红久
一声声喊出的
耒阳

月亮躲在桂花背后
躲在竹林深处

躲在天山那丛雪花下面
躲在乌鲁木齐一条小巷子里面
躲在一间摆满了火烤牛肉和酒杯的屋子
躲在那一浪浪高昂的歌声
响过的午夜

我听见红久
高举着盛满月色的酒杯
向着南方向着耒阳
向着这一片竹林
向着泉水湾
向着肖勇向着诗斌
向着今夜所有的诗人
干杯

除了月光和酒
我知道在诗与远方
还有那割不断的浓浓乡情
一如耒水无论流到哪里
都铬印着耒阳的胎记
闪烁着诗意的光芒
以及浓烈的耒阳山水

## ●竹筒酒

从遥远的竹山那边
耒水匆忙赶到泉水湾
天就黑了下来
但月亮还没有升起来
诗会就开始了

只要一把铁钻开口说话
春天就从一截竹子里流出
鸟语花香
以及整个竹林泥土般的
心跳

把淡淡的竹叶以及桂花
把盛满山与水的酒杯
把今夜浓浓的诗意
把久别的思念和遥远的乡音

举起　高高地举起
然后仰头
一口倒入无边的黑夜
深秋重又燃起
火红的诗歌

只要喝下这一杯竹筒酒
今夜即使没有月亮
我的心也一片
明亮

## ●秋夜

秋天站在山上
竹林便是那一头飘逸的秀发
昨夜的月亮
却没有在今夜赶来
和一大堆齐聚的诗人团圆
甚至连那无数的星星

也已沉默睡去
抑或是不屑观看
那些通红的诗句
东倒西歪

只有那些激动的面孔
此时安静地坐在竹筒酒杯中
等待美丽
开场　抑或是期盼
诗与远方
相遇成一场千年的
爱情

我喝下今夜的一杯竹汁
淡黄色的渗透了白酒的深秋
醉倒了我回家的路
那些与红久有关的风景
正从遥远的乌鲁木齐赶过来
也想喝下浓浓的乡情

我多想坐在泉水湾那棵桂花树上
拉住来自天山的雪

听听今夜
这一片竹林如何把浓浓的乡情
喝成一首首明亮的诗
如何想尽办法
让红久也醉倒这淡黄色的竹筒酒中
醉倒在这无边的深秋
再也想不起
乌鲁木齐

## ●蔡伦竹海

是凤凰涅槃
还是孔雀开屏
一段刚从竹林深处砍下的秋色
被一把电钻叫醒
便流下一行行押韵的诗句
以及淡黄色的时光
甚至连整个春天的鸟语花香
都流进了那些好奇的
张望

今夜无月
却有酒，来自蔡伦竹海的酒
来自泉水湾的酒
此刻疯狂地燃烧着
一些匆忙的胃
和那些躁动的
脸

有酒就有诗
有诗就有这明亮的夜晚
哪怕耒水滔滔离去
哪怕月亮羞涩地躲在桂花背后
偷看那一张张真实的面孔
碰杯，然后
干杯

我和诗斌　还有利华
站在明亮的诗中
高举起久别后的重逢
仰头一口喝下

浓浓的
思念

尽管喝酒的姿势有些失态
有些粗野
却活生生地灌醉了一只手
让三只空杯成为
今夜最闪亮的
月光

第四辑

# 这个冬季没有下雪

耒阳老屋 / 钟敏华

# 耒　阳

你从盘古开天地中走来
又将走向历史的明天
神话中的神农氏
用一截树枝
点燃了你的生命
那个唯一的汉字
造就你水晶般的心脏

来自汉代的耒水
把一张张蔡侯纸
带到世界的每一个角落
满是金色的阳光
从此成为最生动的
诗句

沉坐千年的张良
至今仍然守候着
庞统和张飞演绎的千古传说
那漫山遍野的竹林
一如汹涌的士兵
掀起惊天动地的湘南暴动

从青龙塔仰望而去
鹿歧峰上那一沓沓木鱼声
沿着历史的台阶一路走下来
敲响了城市的早春
山一样的耒阳人
已将金戈铁马化作利剑
直指太阳
以神农创耒的亘古信念
在充满活力的版图上
挥写着一个个惊奇

# 耒阳山水

从东走到西
从南走到北
耒阳的山山水水
站满了蔡伦和庞统
从东汉宫殿走出的纸
沾满了耒河的波浪
从《三国演义》飘出的酒
醉倒了所有的脚步

那些海浪般的稻穗
是不是神农手中的耒耜
日夜翻耕着耒阳的根
那些茂盛的楠竹
是不是湘南暴动举起的枪
向着太阳日夜行军
那些深藏地底下的煤炭
是不是杜甫吃剩留下的牛腩
蜕化成了传诵千年的诗句
让耒阳从黑色的河流上
开始生长英雄
和碧绿的仰望

耒阳是我出生的胎记
戴在我脖子上的项圈
把我的生命也圈成
一座高耸的山
耒河沿着神农的手指
直流而下
在凌云塔转了一个弯
转
弯
就
是
为
了
等
待
等待一个精彩的开始

# 回到耒阳

淤积的乡愁
只要轻轻一碰
便满地雪花
淹没了所有河流
三月不再像风一样
来到身边

面对耒阳
我唯有沉默
才能真正找到回家的路
哪怕只是一句泥土
也让我闻到炊烟的盐

我眼睑底层
到处弥漫着燃烧的山峦
除了干枯的稻草
再也看不到平静的江水
碧绿的童年
从水井开始上浮
到黎明的高处

回到耒阳
我放下肩上所有的风雨
有谁还能接受
我满载而归的泪水

# 仰望蔡伦

谁的手
温柔地喊醒一朵玉荷
历史踯躅在蔡伦纪念园里的足音
仰望蔡伦从东汉一路唱下来的春色
闪烁着思想的犁铧

伫坐在东边的纸
等待着神农
擦亮尘封已久的眼睛
走进蔡伦纪念园
掀起历史奔腾的波涛

一条石板路挺进东汉
路的尽头就是蔡伦
就是蔡池、蔡侯祠、造纸作坊、蔡伦墓
还有数不清的黑夜和白天
从最初的仰望开始
从最早的纸开始
铭刻潮起潮落的纸
流淌着神农智慧的光芒

穿过疼痛的午后
翻越石头般沉重的苦难和黑暗
我将回到一张纸的内心
聆听蔡伦行走的足音
抵达诗意的圣地

苔藓湮没残破的纸
失手打碎翅羽的岁月
那些奔跑的语言和思想
开始有了故乡的萌动

当我滑过城市的睫毛
蔡伦以一粒种子的方式
最终回到母亲纸质般的子宫
孕育出无数仰望的月光
刻骨铭心的疼痛
正是蔡伦从东汉溅出的纸浆
还有神农创耒的神话

# 怀念蔡伦

蔡伦在古朴的蔡池边沿
把枯萎的竹枝腐烂的树皮
还有零碎的破布
揉进东汉的水池
编织成历史璀璨的衣袂
让祖先奔跑的语言和思想
有了舞蹈的歌喉和飞翔的翅膀

来自东汉背影里的纸
走出蔡侯祠的正门
走进千万双仰望的天空
让大地看见铁黑色的足趾
古往今来的风吹走了
蔡伦那一顶破旧的帽子
却永远吹不掉蔡伦双手沾满的纸浆
层层叠叠的册籍
开始有了阴晴圆缺
开始有了唐诗宋词明清小说
开始有了李白苏轼曹雪芹

静坐子夜边缘的我
开始梦想神农

开始化蝶为耒
翻耕着密布鸟语花香的诗册
一阵来自蔡伦墓中的风
把尚未凝固的诗句吹进水中
比岩石还坚硬的纸
激起浪花
溅湿了我的眼睛
让我采摘耒阳
到处洋溢着芳香的诗句

被蔡伦的手洗得发亮的纸
一如神农创造的耒耜
正被耒水洗得光芒四射
我常常在子夜
扯下一片月光
盖住内心狂奔的耒水

# 蔡侯纸

在那疼痛的史册上
蔡伦用神农氏的耒耜
和着耒水
撑起了东汉耀眼的光芒
让所有流浪的汉字
住进了安稳的家

在那一张张闪烁着竹香的纸上
每一个汉字都熠熠发亮
每一个人物都有了活着的
氧气和土地

你的纸
其实是一种信念的颜色
从东汉的天空直冲而下
惊艳了所有的仰望

直到今天
我仍然看到你那高大的身影
烙满了全世界的目光

# 蔡伦铜像

你就这样站着
从东汉以来就这样站着
站在影响历史百位伟人的
长长队伍里
还是站在耒阳这片
古老而年轻的土地上
凝望你的子孙
是如何在你的脚下
为了一张张带有银线的纸片
让你夜夜不得安眠

想当初建这个广场
让你站起来
是希望你承担起发明家的重任
是希望你的子孙想起你
那个占据历史的位置
更好地继承和发扬你的执着
建设一个更加美好的明天
可是一阵热闹过去了
还有谁想起你
想起你独自站在这个
空阔的广场上
暗自流泪

曾经无数次地站在你的面前
看着你那张古铜色的脸
仿佛看见从地底下的煤层
浮出的一张纸
充满血与火的纸
充满阳光与力量的纸
在岁月的冲刷下
变得如此深邃
和高不可攀

耒阳啊耒阳
我深深爱着的故乡
你什么时候
才能超越一张纸的
高度

# 耒　河

耒河的水
就是一些不怕死的山
经历过许多苦难而
留下的背影
至今拉着
长号

耒河的水
疯长着一些草木
奇怪的性格和脾气
比如蔡伦沉浸水中的破麻布
新鲜的嫩竹以及一些神秘的药材
比如杜甫喝的糯米酒
还有大块的黄牛肉
以及杜甫喝醉后呕吐下的唐朝
其中包括那些鲜红的诗句

比如张良垂钓的历史
别在耒河脖子上
隐居了数百年
而今依然保持着
本来面目

比如张飞骑来的白马
还有那一柄沾满酒气的大刀
如此决定庞统的后半生
留下的马槽安静地
守护着那一池精彩的传说

比如朱德打下的清水铺
以及伍若兰留下的
恋情　至今仍然
闪着明亮的
光芒

一如耒河
装满了历史和思想
从遥远的遥远跑来
沿着耒阳那坚毅的胸腔
向着彩云
翻过一座山
便成永恒

# 瘦

耒河的水低了下去
两岸的山也矮了下去
山下村庄的炊烟也坐了下去
甚至连稻田都趴了下去

只要一到秋天
耒阳就瘦了
山瘦了
水瘦了
村庄瘦了
街道瘦了
所有的日子
瘦了

那些山水
那些村庄
那些街道
那些孤独的日子
那些美丽的风景
都瘦成一轮明月
挂在夜空中
照亮所有耒阳人

行走的
背影

一如满山的楠竹
瘦成了一张纸
却让耒阳散发出
十足的光芒

# 五一广场

前面的车后面的脚
随处可见的丁香女郎
霓虹灯把夜宵摊
叫卖得格外
妩媚

你走你的路他喝他的茶
扔下的烟蒂和茶渍
是否在这个冬天开始感冒
一口口吐着鲜红的路灯
心知肚明

微笑的橱窗
拖着你的眼睛和钱包
系着歌谱提着吉他的夜莺
是否把不幸和苦难都倾泻而出
还有那些系着红领巾的蝴蝶
等待着你掏出怜悯和同情

宽阔的五一广场
涌动着许多生命狭窄的通道
那些张开眼睛的花朵

开始上升到阳光的表层
那些忙碌而凌乱的脚
正狠狠地踩着
落寞的背影

我走过五一广场
哪怕掏空口袋
也买不到
一杯纯洁

# 农博馆

市政府左边
一个火柴盒里
装满了犁、耙、镰刀、木榨、纺纱车
还有摆在一楼的水车
虽然都已苍老
却依然生动地讲述着
耒阳的童年
以及童年里
发生的各种有趣的
往事

当然
这些并不能把耒阳
二千多年的时光
都摆放得整整齐齐
还有更多的鸟声和月光
躲藏在那些山里
依然流浪

在三月
我只是一支香烟
寻找火柴点燃
潮湿的怀念

其实只要一个小时
我就跟着所有坚硬的铁
犁翻了耒阳的
所有山水

一株芨芨草
独自蹲在农博馆的墙角
以它特有的方式
照亮我内心彷徨
和初冬一个下午

# 张良洞

张良洞
水一样浮在汉朝
来自上游的徐霞客
仔细地打量着
本来面目

那是一段惊心动魄的历史
也是一个智者选择的道路
尽管如此偏僻
却那样恬静而安详
流逝的河水充满智慧
一如张良的眼睛
只是没有了姜公的鱼竿
又何处寻找残留的结局

来来往往的风
站在洞口张望着
楠竹翻阅大地的诗句
不绝的香火凝视着
一对眼睛和镜片后
那一块深奥的岩石
是不是也带着

汉朝的血雨腥风
来到山脚下
期待生命的隐居
和历史的漂泊

张良洞在耒河之上
漂泊了一段远古的神话
与山水无关
与历史无关
只与你的到来
和心情有关

# 登鹿岐寺

拾级而上
白云跑了下来
站在山顶鹿岐寺的寂寞
跟着跑了下来

碧绿的钟声
站在寺庙门口
张开双手
紧紧地抱住从城里
偷跑出来的
孤独

孤独与寂寞
瞬间相遇
便点燃了今夜的
香烛袅袅

# 白云之上

白云之上
河水之下
就是我独自行走的
灵魂

那些从古籍里跑出来的村庄
早已沉浸在耒河深处
只有杜甫的雨靴
还残留着糯米酒香
东洲岛上变味的牛肉
再也无法重返
那次美丽的邂逅

快速行走的眼睛
正在用力地划开耒水
朝着张良洞跑去
就是想在端午节涨水之前
赶到东汉见上张良
最后的垂钓

八角楼
站在耒阳城市的腰间

凝望着苏耽
打坐的八卦井
开始流淌着
生动的南正街
夜色灿烂

青龙塔
倒钓金葫芦
满眼都是从远方而来的诗
从此耒阳述说着
美丽的爱情
一如我行走的足音
总是缀满鸟语花香

# 耒河岸边

耒河岸边
风起了，水瘦了
梅花已开，而雪却
迟迟不来

是不是秋天还紧紧地拉着
不愿就这样离开，哪怕拉住
即将落下的阳光
也要在耒阳这座城市
留下蒲公英的
背影

耒河上升起的薄雾
是不是那些日子过得
有些朦胧诗，却依然清凉
如冬季

其实，站在这里
不用雪，仅仅用一点雨
也能淋透所有的时光

无论多远，也无论多快
改变的总是你的脚步
不变的却是一江耒水

冬来就瘦，春来就胖
梅花开不开，雪来不来
都无法改变
生命的流向

# 耒阳的夜

耒阳的夜
其实就是一个煤矿
站在那些山背后
所有花朵的
隐藏

我只是一个矿工
独自在巷道里
把今夜月亮当成矿灯
在地底下
在那些沉默的煤炭之间
不停地掘进

我总想在黑暗的包围中
寻找到光明的
出口
以及燃烧的
清晨

# 我想活在青山绿水间

我想把自己
从城市的喧嚣里抽出来
把自己的呼吸和心跳
也从城市混浊的夜色中喊出来
把我所有的日子和仰望
赶出耒阳这座城市
沿耒河逆流而上
上游就是青山绿水
就是幸福的
源头

耒河上流
有张良隐居的垂钓岩
有徐霞客行走的大河滩
有苏轼修炼的紫霞禅寺
有朱德掀起湘南起义的清水铺
有号称亚洲面积最大的蔡伦竹海
有充满诗情画意的泉水湾
有我向往的天堂
和生命的
开始

我想活在青山绿水间
其实就是想
让青山埋葬我的生命
让绿水洗涤我的灵魂
让耒阳所有的山水
成为我一生中
不可或缺的
骨头

# 雪落耒阳

宛若秦始皇准奏的圣旨
沿着驿道马蹄声踏来
宛若蔡伦掀开的黄纸
从竹林里飘飞而来
宛若徐霞客行走的足音
跋山涉水而来
宛若杜甫乘船走出唐朝诗句
停泊于方田驿
宛若张良孤坐直钓岩
垂钓历史风云修炼成仙
宛若朱德举起湘南起义的旗帜
邂逅伍若兰于清水铺
宛若母亲浓浓的白发
从油茶林中厚厚地铺了下来
整个耒阳陷入洁净的月色
那些神奇而生动的情节
此时此刻都
安睡了

唯有乡愁
唯有那些不眠的灯光
唯有那些生生不息的历史漫天飞舞

唯有梦想依然跟着耒河
不停地向着东方奔跑
也唯有那些忙碌的梅花
踏着苍茫
追赶着春天
追赶着鸟语花香
追赶着美丽而浓稠的开始

雪落耒阳
炊烟袅袅升起
一幅洁白而生动的画
惊醒了黎明和土地
从此照耀着所有山村的脸庞
雪落耒阳
我正站在十三楼的窗口
仰望春天奔跑而来
紧接着而来的是那浓郁的花香
雪落耒阳
唯有一江温暖的耒水
流淌着永不凋谢的美丽

# 想家的时候

想家的时候
就把一座青山
搬到我的诗里
不停地攀登狮子岭

想家的时候
就把耒河牵到我的笔尖
不停地划拉出
张飞酒的醇香

想家的时候
就把蔡伦竹海铺在我床上
满山的楠竹
夜夜呵护我的鼾声

想家的时候
就直接买一张高铁票
回到耒阳把所有的山水
装满外出的行囊
足以喂饱一年的
时光

# 那一场特大冰灾

从乡下赶来的一只土鸡
跑不过一场倏然而来的雪
腊月的一个早晨
三叔提着浓浓的乡音
敲开门
挤进我的眼睛
此时一阵冷风吹来
这个冬天反常得
连三叔也无法坐下
喝一杯热茶

我打的士赶到市政府
一场来自美国抑或是英国的雪
把我冰冻成了屋檐下
悬挂的一副春联
整个冬天严重感冒

这里没电那里没水
整个城市是失去航标的海洋
黑暗的夜空
只听见雪花痛苦的呻吟
所有的海藻浮了上来

停泊的帆船
等待着黎明的
起锚

此时的我
成了一台应急发电机
跑来跑去
也无法砍伐下
厚厚的森林和荆棘
灌满柴油
也只能照亮
一支蜡烛的
夜色

整整一个正月
我用一个个纸箱装满春节
把盒饭送给山上
那些来自安徽河南湖南
许多不知道姓名的
一根根电杆
让他们吃饱喝足了

才能重新把城市竖起来
再次点亮春天

2008年那一场特大冰灾
让我看见自然的法律
在人人面前平等
也让我看到许多来自
远方的电
用逆风而行的坚定
温暖了耒阳

# 这个冬季没有下雪

这个冬季没有下雪
渴望的梅花
等待着梦中恋人

许多时候
我厌倦了阳光
城市里挣扎的灰尘
四处招摇过市
让我看不见诗歌
奔跑的方向

远离诗的日子
其实就是我的灵魂
挂失的窗台
空空如也

等待一场雪
掩埋所有的失眠
一朵花的盛开
或者是凋谢
哪怕是雪花的飘落
都是我日夜仰望的星空

走进诗歌
就是选择一种燃烧
无须别人的路过
雪下不下
所有日子
已安顿好了

# 除了一场雪

除了一场雪
这个冬季什么也没有留下
寒冷的风从远方吹来
穿过我的眼睛
带走所有的温暖
窗台上只有冷冷的雪
什么也没有留下
哪怕是我的一滴泪水
也来不及流下
整个冬季就从指间消失了

人生也许就是一场雪
当我们还停留在秋菊的花蕊上
冬季就埋下了陷阱
许多往事都来不及抵达
时间就化作了悔恨
无法怀抱温暖
但是一场雪
让我记得如此清晰
以致改变了我的人生轨道

# 冬天的早晨

冬天的早晨流着鼻涕
我正走在通往学校的
堆满碎石的路上
尽管打了赤脚
路还是被割伤了

鲜红的血
拼命地追赶着我
直到今天
我总忘不了
那个冬天的早晨
以及那条受伤的路

我总想着应该
向路道歉
却除了流泪
再也说不出一句
抱歉

# 风在吹

风在吹
从西边的村落里吹来
那里有我冰冷的童年
以及冰冷的往事
把我的父亲
吹到十万八千里外
让我从此
深深地陷入
雪崩

雪在飘
从遥远的群山俯冲过来
耒阳在风与雪的挟持下
走进了冬天
走进了国际公馆
十三楼的窗台上
把我的青春
掩盖得
毫无痕迹

而我始终认为
没有父亲的房子

便成冰窖
哪怕再高再大
哪怕再热再暖
也将冰冻
我所有的日子

# 夜睡得再深

夜睡得再深
也会被黎明叫醒
那些游走的梦
总是带着笑靥离开
哪怕一朵花
也不留下

雪来自远方
扛起了沉重的夜
我听见父亲
半夜响起的咳嗽
穿越厚厚的黄土
直抵我的心脏

有些记忆
哪怕走得再远
也依然清晰
一如父亲离开了十五年
我依然看见他
那张笑脸

# 乡村教师

把黄昏揉成灯红酒绿
扔进城市大街小巷时
那些清瘦而坚毅的身影
从浸漉着泥土的乡村款款走来
开始抵达忧郁的笔尖
寻找多情的墨水
一如月光正抚摸着
城市的脸

我听见乡村枝丫上
那些花蕊正在春风中
璀璨地盛开
乡村教师碧绿的岁月
一如坚韧的汉字
一群闪光的鸟
在群山里深居简出
在城市上空傲然翱翔

在紧挨着黄土坡的一株秋麦上
一束稻穗的旁边
看见许多来往的牧童
携带着金黄色的梦想

正沿着那些美丽的手指
弹奏着丰收的风景

孕育着希望的种子
正坐在广袤而安静的田地上
等待挺拔的阳光开垦
宽阔的河流
以及悠长的诗句

从摇篮到墓茔
从我到你
有谁能忘记乡村
最初的启蒙教师
即使他们离去
也将大地般的胸怀和
阳光般的誓言留下
让所有的花朵永远居住
在向阳的坡地上
收获最为璀璨的
春色

# 擦鞋女

乡村那些凋谢的花
被风吹折翅膀
坠落城市街巷上
便成擦鞋女

一块破粗布
一段捏瘪的鞋油
一只简陋的木箱
一个流行着感冒和冰冷的下午
就足以把城市的脚擦得
一干二净

仅仅为了那一张薄薄的日子
便不停地吆喝不停地等待
不停地用双手当成钟摆
不停地挤干自己心中残留的梦
用心留一片光亮
让城市蒙尘而来
潇洒而去

苦笑中缀满苦涩的泪
不知何时才能拭擦掉自己

生命中的灰尘
还有那些难以诉说的
……

# 捡垃圾的老人

城市
把那些发霉的往事
扔进垃圾桶
照亮街边孤独的脸
飘着雪花的夜里
一个老人和一堆垃圾
正欢度着春节

街边的垃圾桶里
有老人一天的米饭
有儿子的书包文具和铅笔
有女儿漂亮的裙子
有妻子的萝卜白菜和酱油
抑或是一点点肥肉
老人也会开心地
笑了

我每次看见那个老人
推着一辆破旧的三轮车
在一只只垃圾桶里
翻捡着城市的冷漠和无情
我有些心酸

想起自己的父亲
蹲在门槛上
捡起一粒粒掉进土地的
黄豆
抑或是
一家人的日子

捡垃圾的老人
只是城市里
遗落的一滴泪
滴进我的书房
化作一首诗点燃
我今夜的
灯光

# 表　弟

摸摸泥土
你就能掂量出
今年的收成

此时阳光笑着你的脸
水稻也拼命地抽穗
金黄色正是你渴望的
酒杯

炊烟正用力地摊开
一张多情的纸
你走过的村路
站满了秋色

你的手指拨拉几下
村庄就涌进大水
嚼嚼嘴巴
吞进泥土
便吐出
一个个富裕的日子

# 一张日历

在一张日历上
我看见自己的眼泪
滴进冬天
冰冻成屋檐下
那一串串雪白的
凝望

消逝的田野上
我把自己压成尘埃
躲在那棵樟树背后
小声地喘气
生怕惊醒了春风
把我吹到寒冷的冬至

日历钻进我的黑头发
不声不响地
抽打着我的脸
月光如水
我的足音缀满
菊花
当我回到河岸
才知道自己

早已成为一本日记
写满了泪水

翻过一张日历
我看见自己
躲在落叶的背影里
反刍着疼痛的河

# 击破黑夜的诗句

击破黑夜的诗句
照亮黎明到来
成为我前行的拐杖
哪怕再远的地方
我也能听见
花开

一个个深夜
我看见许多诗人
带着稻种从冬天的背面
跑了过来
让我泪如雨下
梨花早已铺满了村庄
那一座荒芜已久的
旧房

站在遥远的城市
日夜俯视着
行走的
灯

# 夜读李白

手中捏着一缕月光
等待含苞欲放
在黑夜里
一本诗集的右角上
我整整坐了
一个烟盒

那个游走大半个中国的李白
沾满唐朝的白酒
一如春天的雨
洒满回家的路
让我每一个脚步
都显摆着浓烈的醉意

坐在城市与乡村交接的屋檐下
我只是钻出冬眠的纸
只要李白一滴飘荡的酒
就把我的一生
醉成一片疯长的绿野
那些等待春天的梦想
缀满奔跑的水牛
碧绿的童谣

因为李白的酒
我的天空开始燃烧
不再是冬天的雪
而是缀满星光的
宇宙

# 聆　听

就这样不经意地
坐在书房
不经意地聆听着余光中
从山那边从河那边从海那边
蹒跚着走来忧伤
还有那一声声嘶哑的
乡愁

在这样的冬夜
余光中一句乡愁
就打乱了所有的节气
一朵花离开秋天
就开始涌起海浪般的火焰
足以让整个世界
燃烧

今夜台风来了
雪也来了
我知道余光中
把台湾海峡的水
全部带来了
企图淹没我的书房

淹没我四处
奔跑的仰望

甚至连昏黄的灯光
也充满了思乡的盐
咸咸地腌渍了
我所有的呼吸
海水漫过我的天空
雪花一夜之间
掩盖了所有的行走

我知道
从台湾飘来的雪
成为今夜
最美丽的想象

# 那片油茶林

我是草
日夜低垂在故乡
荒凉的土地上
总有一天会死去
因为那些冷酷的风
和冰冻的雪

所有的行走
都充满了痛苦和悲伤
最终都是通往
死亡

活着
其实就是死亡的草
当风和雪到来
所有的月光
没入无边的海

那片油茶林
是我最后的床

# 祝 福

祝福是一只信封
你在信内说
我在信外听
小小的邮票便是话筒

打开窗
看见你的笑
排着队
礼貌地问候着我

像冬天的雪花
像子夜的月光
像等待已久的种子

翻过千山万水
一场雪过后
便是百花盛开的
春天

第五辑

# 用乡愁填满空白的夜

耳边又响起汽笛声 / 钟敏华

# 我要做一只荆棘鸟

有一种鸟
一生只歌唱一次
为了唱出胜过夜莺的歌
它把自己钉在
最尖最长的荆棘上
这就是科林·麦卡洛笔下
那只勇敢的荆棘鸟

我要做这一只荆棘鸟
日夜围着祖国翔飞
轻轻地飞
不惊醒祖国甜蜜的梦
让那些闪烁的星星
永远站在夜空里
挥洒着光明
我翔飞的翅膀掠起
日新月异的裙裾
看见整个神州大地
美丽的肌肤

为了刻写祖国的辉煌
我也只想歌唱一次

一如那只荆棘鸟
把自己锤打成
金色的燃烧

即使我无法抽出
一缕诗情
我也要把自己钉在
最尖最长的荆棘上
淌出鲜血
写一句热烫的诗
唱一声响亮的歌
亲亲祖国秀丽的脸

我的祖国就是天堂
处处飘荡着芳香
地地撒满了黄金
每一个中国人脸上
盛开着一朵朵璀璨的花

我要做一只荆棘鸟
把自己放在祖国的掌心
日夜贮存华丽的词语

等待着祖国的五十华诞
用最真挚的情
编织最为激昂的歌
尽力唱出
所有中国人共同的
祝福

# 我宣誓

在七月的井冈山上
在凝固了历史的革命烈士纪念塔下
在鲜血染红的五星红旗飘扬中
我紧握拳头
举起右手
面对毛泽东
面对白鸽翱翔
面对到处洋溢的欢声笑语
以钢的语言
以钙的骨头宣誓
我宣誓：我志愿加入中国共产党
为共产主义奋斗终身
随时准备为党和人民牺牲一切

一如那些在弹雨横飞的战场上
在白色恐怖的黑夜里
在即将到来的死亡面前
在形形色色的各种诱惑旁边
无数战士握紧拳头
举起右手
面对九百六十万平方公里的版图
面对奔腾不息的长江黄河

面对永不倒的长城和天安门城楼
以铁的镰刀
以钢的金锤宣誓
我宣誓：我是真理的信徒
我是正义的战士
我要永远为人类的自由幸福而战

一只只举起的手
从1921年的南湖船头走来
从南昌起义的枪声中走来
从二万五千里长征的雪山和草地中走来
从三大战役从开国大典从三八线走来
从香港从澳门从台湾走来
从高唱的国歌从飘扬的五星红旗走来
一直走到21世纪的井冈山
和我一样站在新时代的广场上
站在鲜红的革命圣地上
握紧拳头
举起右手
以一个党员的姿势
向党旗宣誓

烈火燃烧的七月
从此吐出一句句豪壮的英雄气概
落地成顶天立地的巨碑
永远屹立心中
自从握紧拳头
举起右手宣誓
那一刻起

# 我是乡村教师

我就是那个穿着唐朝
披着宋朝走进现代多媒体教室
讲述花朵和阳光的乡村教师
一个二十七岁的男人
站在一本破旧的汉语字典上
用坚硬的耒阳话
养活一张嘴

摊开的课本
是刚从冬至苏醒过来的田野
我拼命地挥舞着锄头
翻耕着板结的土地
匆匆赶来的鸟
等待花朵盛开的枝丫
奏响美丽的春天

从一篇课文到一个定理
从人类的起源到地球的构造
从机械运动到化学反应
从一张嘴巴到一双眼睛
春天的故事总是演绎出
一幅生动的风景

我是一把被雨淋湿的琴
在那些寂寞而孤独的公式里
开始假设梦想求证理想
尽管我的手指和琴键
沾满了冷雨和泥泞
却依然用尽全力弹奏着

我和所有乡村教师一样
像河水把鱼喂养得更加肥壮
像绿叶把花衬托得更加鲜艳
学生成为我一生吃不腻的米饭
潮湿的足音走村入户
用灿烂的笑容
点燃村庄里那些黑暗的渴望

我就是那个扛起锄头
戴着斗笠的农民
日夜奔走在广袤的田地上
打开乡村另一个春天

# 三十岁的男人

那么多的风和雨
让我失眠让我痛苦
在一些丢失的月光中
找不到故乡的云
岁月挥动的利剑
无情地刈割着我的梦想
为了那些无言的稻谷
日夜守望着黎明
沿着秋风
金黄色的翅膀在飞翔

娶了妻子之后才知母亲的艰辛
做了父亲之后才知父亲的苦楚
生了儿子之后才知儿子的快乐
在每一个行走的路口
总是闪耀着红灯
消失在燃烧的火光顶端
那些葱郁的绿苔
还有海底的珊瑚

三十岁的男人学会了吸烟
学会了喝酒学会了用手机

问候一个个久违的名字
在岁月粗糙的平面
磨炼出人生的坚如磐石
把一些黑色的心情
留给子夜

进还是退
那些飘散的雪
找不到梅花的心脏
三十岁的男人家已立
而业只是一张潮湿的脸
等待一个世纪的月光
在三十岁的天空
开始渐渐走远

三十岁的男人
有点累了有点苦了
眼底涌出的水
有点咸了
有点痛了

# 近视眼

我是一个近视眼的男人
看不清眼前的故乡
也看不清家门口
那一棵樟树
长满春天
每天只看见
来自唐朝的雨
淋湿城市行走的脚
那些来来往往的汽笛
和耒河的流水声
不会越过薄薄的镜片
把我丢进村头
那口水井

我是一个近视眼的男人
不小心走出那个村庄
掉进城市的下水道
沾满肥皂的失眠
小心翼翼地把自己装进
那一对高度镜片
生怕踩痛了城市时髦的脚
生怕找不到回家的路

看不到自己的嘴唇
甚至连背影都近视得
不敢说话

我是一个近视眼的男人
当过几年乡村教师
坐过几年机关
也读过几本诗集
也不知天高地厚地写过诗
因为是近视眼
我总是找不到春天的出口
只能把自己
锁在城市边缘的角落里
整天与一堆文字
谈情说爱
抑或是单相思

# 流　浪

想了很久很久
我还是想去流浪
一个人背着自己的影子
从今天开始
放弃太多的奢侈
找一个理由
独自远去

把所有的思念
挂在我看不到的树上
把所有的理想和花朵
放在耒河里任其漂泊
一如流浪的我
到哪里都能找到
快乐的泉水
幸福的
乳头

# 心　语

总想用我的手
掐碎你失学的泪花
总想用我的目光
照亮你贫匮的天空
总想用我的粉笔
画好你的人生坐标
总想用我的灵魂
焐热你不幸的岁月

在我痴守的土地上
你始终是一棵枯瘦的水稻
而我依然精耕细作
呕心沥血地呵护

因为在秋季金黄色的画板上
你永远是我挥洒的主题

# 酒杯中

酒杯中
悄然站起一座高山
四周流淌着李白
我知道今夜
我无法翻越这座高山
因为我是一个胃伤了的
所谓诗人

曾经在爱情转身那一刻
我吞下两瓶李白
倒在草地上
整整一夜
用不停地呕吐
以及谁也听不清的自语
结束我的初恋

面对所有的赞词
尽管春天的花朵
向着我盛开
我却无法承受一条河流
带来失恋的结局

我真的不想
在朋友与朋友之间
堆起一座山
但我又不能让我的胃
提前退休
只能以茶代酒
表达我的爱

# 草样人生

我是耒阳偏僻山野
生长出的一棵草
孤独而又坚强地守护着
一小块菜地

那里有我的童年
有我的青春
有我的初恋
有我的父母亲
有我栽下的一丛四季竹
以及我所有的
悲伤和幸福

当我离开村庄
离开菜地
我依然总是
把自己当作一棵草
孤芳自赏

无论我走到哪里
我总是
想做故乡的一棵草

以及草一样的
人生

再多的树木
也远离我而去
我只想坚守住
长满草的菜园
以及星星般的幸福

# 我的手

天要下雨
我的手就痛
没有人知道我的手
就是中央电视台的
天气预报

从毕业回到耒阳那年
从那一次篮球场上被人推倒
我的手严重受伤
开始与雨谈情说爱
尽管我想了很多办法
也始终无法改变爱情的执着

这是一场没有浪漫
也没有家的恋爱
连失恋我也无法选择
只好不明不白地
被雨牵着走来走去
也始终无法走出风湿的门口

天要下雨
娘要嫁人

我的手也无法拒绝
雨的无情无义和无理取闹
只好准时地预报
天要下雨了
请情人赶快避开
对面而来的
艳遇

许多时候
一个人的爱情无法选择
就如同我这只手
无法左右自己的命运
只能终生与雨相伴
成为耒阳版的
天气预报

# 在黎明到达之前

在黎明到达之前
子夜疯狂地
鞭打我的眼睛
黑色的风
占据今夜的星空
没有月亮的夜
那么地恐惧
以致整夜我都离不开诗的
灯光

在黎明到达之前
我正在李白的酒瓶中
醉生梦死
充满浓浓酒气的诗句
一如婚礼上的新娘
以致整夜我都想不起
哪个角落里
还有我的棉被
还有我温暖的床

在黎明到达之前
我的心正在地狱深层泅渡

泅渡黑夜
等待上帝之手
打开我梦想的翅膀
飞越泥泞中的家园
飞越失落的麦地
飞越所有苦难的山峦
抵达光明之上

在黎明到达之前
我宛若一片落叶
正沿着生命的方向落下
落下燃烧的金黄色
选择子夜写诗
就是把痛苦留给自己
把光明留给灿烂的城市
还有那条早起的
耒河

# 梦想书房

在城市的眼角
挂着低矮的书房
那里住着李白杜甫
住着从山里赶来的老鼠
无数蟑螂也成为
我的下铺兄弟

来不及搬走的霉气
成为我痴情恋人
只要我右手疼痛起来
就提前预报天气
小到中雨
个别地方将
出现暴雨

从乡下赶到城里
我是一只流浪的狗
整天寻找着骨头
却无法找到放下书桌的书房
哪怕再破烂
也能让那些碧绿的诗集
焕发出耀眼的光芒

无数夜里
我把新居装饰得如诗如画
一排排诗人站满我眼睛
结果儿子一声大哭
把我摔下来
我揉揉眼睛
才知道又做了一个梦
关于书房的梦

我赶紧抱起儿子
走进厕所让他撒尿
除此之外
我还能梦见什么

# 用乡愁填满空白的夜

我总是把自己摆放在
那些忧伤的文字里
不停地拍打着
破旧的童年

而在故乡
那些幽暗的油茶林中
隐藏着无数
星星

走出童年
我就是游子
只能在他乡用那些油茶花
填满那些空白的
夜晚

# 残　月

我抬头望你
好像在偷看
一位在床上酣睡的美女
不经意露出了半边
乳房

闪过的雪花
是老鼠还是别的动物
啃下一片
留下另外一片
日夜撕咬着
我的夜

宛若电脑里
我写下的那些诗作
总有许多空白
被故乡挽留
无法及时
赶来

# 即 使

即使淌过所有的河
也抵不上村头那一口井
虽然只有月亮那么大
却日夜照亮
我宽阔的土地

无论河有多宽
无论黑夜怎样黑暗
只要想起村头那口井
我的脚下
总是一路
光明

# 时　光

时光是一只鸟
日常在树丛中飞翔
唱着艳红的歌
抖落绿叶上晶莹的月

总有一些人搭起弹弓
用冰冷的子弹
射落阳光般的鸟鸣

当鸟受伤而哀鸣
褪尽一片片羽毛时
又有人痛哭起来

时光是一只鸟
日常从指间飞走
许多人想尽办法
也抓不住一片洁白的羽毛

即使流淌一河的忏悔
也无法唤回鸟的一次停留

# 守望钟声

穿过子夜飘落下来
似月光铺满田野
一声声啼唱
切割我夜夜失眠
守望钟声
一如杜鹃泣血

拍打岁月的涛声
翔飞在黑暗的隧道中彻夜而唱
是那只千万年唱哑了的雄鸡
展翅飞向黎明

南来北往的风
撞开紧闭的春畴
一枝枝红杏
盛开在平摊的信笺上
醇香四溢

守望钟声
就是守望生命

# 餐桌上的鱼

流到这里
生命到达终点
成为别人手中的酒杯

有些生命一开始
就注定了结局
再多的河水
也只是另一种活着的
表演

只有当鱼刺卡住喉咙
才会有人想起
结束别人的生命
也要付出代价

而此时
早已与鱼无关了

# 碑

刻进石头
声音就成为埋葬黑夜中的
月光，再也无法照亮
花朵的盛开

站立的
也只是怀念的样子
而你的所有
都已与你无关
余下的只有一捧
黄土与石头
与你同在

那块石头
以及石头上那几个字
就是你的一生
除此之外
你的所有都已
埋葬在永远的
黑暗里

# 深　夜

孤独地在黑暗中蜗行
黑色如墨涂满
我所有呼吸的通道
我的心无法停止
我的思考
仍在艰难的拉帆
仍步履蹒跚地
在黑暗中前行

在深夜的围剿中
我的身子一步步迈向边缘
逼近坟茔的边沿时
黎明的钟声敲响
我的心愈行愈远
这时重又回到光明中来
深夜消退
黎明升起

只有经历过深夜的打磨
才深深地懂得
黎明来之不易

才会痴情地拥抱黎明
却又无法磨蚀深夜

深夜亦旧有
黎明总会来

# 2002，一把锋利的刀

像秋叶坠落泥潭
像赤脚陷入冰窖
2002不是一串简单的数字
而是一个黑暗而又冰冷的灾难
山一样弯曲着我的呼吸
一只一只来自地狱的苍蝇
吞咽着善良的泥土

初入城市的我
没有玫瑰没有阳光
也没有春天和美丽的微笑
只有无尽的秋雨
日夜不停地淋湿
仰望的天空

怀着梦一样的希望
来到这个城市
到处的冷眼让我水土不服
善良换不到真心
朴素得不到赞赏
一把破旧的木琴嘶哑地

朝着无尽的黑夜
怒吼

2002就是一把刀
日夜不停地切割着
我回家的路
在这个城市的角落里
我只好把有关炊烟的话题
藏在诗里偷偷哭泣
露出与城市一样的面孔
任人端详

# 山与山之间

在山与山之间
是你的眼睛
在水与水之间
是你的笑靥
在村与村之间
是你的脐带
在人与人之间
是你的心脏

只要把所有的山水
把所有的村庄
把所有的人都放进纸上
就是今夜最明亮的月

而我早已化作一只渔船
在你的血管中
日夜打捞故乡
耒阳那些闪亮的
风景

# 办公室

一只老鼠钻出空调洞
四处张望
便迅速跳下
仿佛整个夜晚
跌进办公室

这只老鼠
如同坐在办公桌后的我
怎么也想不到
其实我和它一样
成为这幢楼里最寂寞的
灯光

尽管它坐南朝北
尽管它高达十一层
尽管它悬挂着鲜红的国徽
而今夜却只有
老鼠和我
依然坚守着岗位

我在撰写讲稿
老鼠却无所事事

一如白天上访的人
来去自由

而我却胆小得
丝毫不敢出声
生怕惊动了老鼠
让这幢大楼瞬间
重归寂寞

# 诗　人

诗人常常隐藏在树林深处
寻找春天和花朵
那些调皮的词语
河水一样涌进窗口
到处都是油菜花的眼睛
却看不见远去的
恋人

日子的背后
次第打开世俗惊艳的花朵
把诗人打磨成黑夜行走的逗号
留下更多的想象
却把自己陷入没有开始的结局
无力自拔　抓紧被角
也只能让子夜伤害得更深

面对城市流行的口红
诗人时常感到手足无措
或者满脸通红
也找不到离开的理由

# 痴　守

多少年来
我始终痴守着诗歌
最后的爱人
在最后的时光里
让我感受到生命的精致
感受到绿色的呼吸
尽管是带着伤心的血丝
和最后的眷恋

李白的酒杯
在一页诗句的愤怒中破碎
我的眼睛开始白内障
偷偷地躲进杜甫
破旧的衣袖里
用月色清洗终日的
悲伤

隔断的诗行
是我失眠的床榻
圆形的夜
正淹没我的头发

许多来不及盛开的花
失去神灵的庇护
只有无尽的痛苦
还挂在那一支苍老的
烟囱上

在一堆堆沉积着
汗渍和记忆的角落
梅子般的诗集
穿过锯齿的日子
从吱嘎作响的冬至醒来
带着唐朝的风
宋朝的雨

子夜呕出
城市充满欲望的胃
走出冰雪的我开始归来
还有丁香般的眼神
疲倦的荷叶和晶莹的蛙鸣
像烈焰寻找燃烧
像歌声等待恋人
跌进那古朴而凝重的窗帘

与素不相知的李清照
对床而眠

上世纪最后一天
我守着一堆陈旧的诗句
跨过三十岁的门槛

# 我用诗

我用诗
挡住所有的偷窥
挡住所有的不安好心
以及挡住背后的刀
来自这座城市里的
冷漠和阴谋

其实
我也只有在黑夜
才敢把诗披在身上
温暖那些冰凉的
血

在窗外
诗活得不如一根茅草
尽管洁白如月光
却依然四处流浪
无法找到回家的
钥匙

长长的黑夜
是我敬献给诗的

糯米酒
那浓浓的酒香
正怀抱着贫血的
村庄
等待黎明的
升起

# 傍晚写诗

落日
溜进窗口
端坐在我写着诗句的稿纸上
长长的背影
痴痴地笑

我的眼睛
努力地寻找着太阳
那滴如血的泪
蔓延成一朵鲜艳的玫瑰
岁月再也直不起
坚硬的腰

那些从唐朝
赶来的汉字和水
留下生命的抛物线
再次演算了故乡
那些美丽的或者
美好的风景

如同婚宴上的酒席
满是民俗的歌

和泥土般的菜
以及性格刚强而火爆的酒
一一呈上桌
和来自耒河的笔
干杯

# 我总想

我总想
把一些流浪的文字
请到我书房里来
温暖地度过
寒冷的冬天

其实
我就是想让
这些流浪的文字
拥有一个家
用它们的光芒
点亮我的夜

然后
再让我的夜
盖上厚厚的春天
温暖至今还流浪在外的
诗

# 远　方

在远方
我只是一个装满
忧伤的包裹
四处寻找寄存的密码

在夜里
打开思念的花朵
把故乡想象成
美丽的天使
窗台上那一盆蔷薇
成为回家的
脚镣

打开诗集
我看见故乡那条河流
日夜浇灌着我的梦
在这个城市里
我写下的所有诗句
都沾满了泥土

# 坐山口

坐山口
望南方
我每日准时的钟

想你
每夜充饥的饼
响成清脆

敲开厚厚的夜
用锄荷的目光
舔破星空
抓一把星
啃透相思的
咸

# 等

赠送的帆
依然搁浅
我桌上

两行凝望的泪
凿出深深的航道
只等你归来
做我的舵手

# 爱情车次

汽笛驶出站台
你的手挥动泪花
淋湿铁轨沉默的表情

我紧握迟到的车票
追不上你奔跑的背影
错过了爱情的车次
我便找不到回家的路

# 失　恋

天一下雨
爱语湿漉漉的一片
捶打凝视的牵挂

你在雨外有小红伞
我在雨中
只有痴痴的等待

酒杯喝醉了
歪倒在深夜
任凭雨冰冷地
踩踏

# 所谓沧海

所谓沧海
不过是一曲江水
加几分明月
来自唐朝的男人
与来自宋朝的女人
在水中沉浮
一段美丽而忧伤的
开始或者结束

所谓沧海
不过是一滴眼泪
加几束鲜花
在来来往往的路上
搭建成一座青砖瓦房
居住着青山和绿水
站起的明月
不再独自离去
抑或留下

# 维纳斯雕像

美丽
总是残缺的
一如大地总有撕裂的伤口
流泪或者
流血

那一双抛弃了的手臂
带去虔诚留下朦胧
让雕刻时光的刀
剔掉大片雪花
纷纷扬扬

也许生命就是
制造伤口的过程
那一串串凝固的红色
以及低头的笑
就是美丽的涅槃
在夜空里
欢呼

# 汶川地震（组诗）

## ●黑夜提前赶到

春天还在五月的枝丫上
盛开梦想和芳香
初夏带着刀具
袭击了美丽的家园
刺痛了所有的仰望

当白天还在
黑夜却提前赶到
许多来不及盛开的花朵
风一样被魔鬼吹落

我的眼睛流出耒河
却也无法换回
上天的一个转身
还我如诗的家园
和那些悠然的脚步
还有鸟鸣一样美妙的
琅琅读书声

## ●我们在一起

汶川
一阵剧烈的腹痛
震裂了长城的腰
黄河流过五月的屋脊
挂满了中国的脸
是谁打开了潘多拉的魔盒
让灾难降临
这片苦难的山河
让我还有许多黄皮肤
再也看不见那美丽的家园
再也听不到花朵走进夏天的心跳
再也看不到我的兄弟姐妹们
碧绿的笑脸拂过大地

山河同悲　举国共哀
当所有苦难坠落母亲头顶时
所有子女都为之而落泪
为之而奋起

每一个城市每一座村庄
甚至那些还在稻田里劳作的农民
也匆忙赶到市区
把一张张泥土般的日子
放进远方的期盼中
甚至那些以乞讨为生的残疾老人
也宁愿自己挨饿也要把为数不多的尊严
放进盛满泪水的捐赠箱中
让所有的人看到
祖国宽阔的胸膛上
所有涌动的爱与情
淹没着地震留下的悲伤
让所有的生命
同在一片蓝天下
灿烂

我们在一起
手捧红烛为你祈祷
为所有来不及告别的
花草树木许愿
为所有走出震中的
兄弟姐妹们祝福

愿所有的子女
在母亲的怀抱中
心连心手牵手
再大的苦难我们一起扛起
再多的危险我们一起走过
只要每一个中国人
心中充满爱
生命的太阳
依然从新的一天升起

## 汽笛鸣响

当汽笛鸣响那一刻
汶川地震罹难者32477人
伤者220109人
黑色的数字
不是数与数的简单组合
而是一个个生命的跳动
让中国　让所有的中国人
都失去了往日的从容

当汽笛鸣响那一刻
距离汶川地震整整七天了
余震仍然频频地发生
死亡和失踪仍然在上升
年轻的战士们仍然在集结
所有的爱心仍然向着
汶川全速开进
艰难的救援还在紧张进行
生命的坚强
仍然书写着奇迹

当汽笛鸣响那一刻
从不被苦难压倒的中华民族
所有的中国人
面对汶川　面对大山深处
为自己的同胞们
低下高昂的头
默哀

当汽笛鸣响那一刻
天地同悲　草木失色

国旗低垂　山河呜咽
从国家领导人到普通的农民
从北国草原到南方边陲
从一座座城市到一个个乡村
从一个个机关到一间间厂房
所有的黑头发和黄皮肤
伫立着　在广场上在道路上
在村前屋后　数不清的泪水
在流淌　数不清的灵魂在祈祷
为远行的兄弟姐妹
为那些渐渐暗淡的生命
送行和致哀

当汽笛鸣响那一刻
虽然只有短短的三分钟
却让我们永远记住
2008年5月12日2点28分
记住汶川地震
记住那些逝去的兄弟姐妹
记住这个伟大而坚强的祖国

## ●书包排着队

暮春的桃花初夏的玉荷
含羞草一样
排着整齐的队伍
站在操场上
等待爷爷奶奶爸爸妈妈
领着回家

一只只书包
装满了课本、铅笔
和老师布置的作业
装满了男孩的顽皮
和女孩的温柔
装满了昨天的欢笑
和明天的理想
一如往日排着整齐的队伍
等待着回家

可是今天
我的爷爷奶奶爸爸妈妈

是不是因为工作太多
而忘记了来接我回家呢
是不是我太贪玩
而让他们生气了呢

爷爷奶奶爸爸妈妈
如果是这样
那就请你们原谅我吧
我一定会听你们的话
听老师们的话
做一个好孩子、好学生
因为我知道
我还要当科学家、当医生
当艺术家、当一名建设祖国的接班人

可是我不知道
我为什么就不能回家了
是不是我的肩膀太小
承受不了那天的风雨
那就请你们给我力量吧
让我快快成长为一棵大树
让所有的苦难

都回到五月十二日之前
一如我们整齐地排着队
一如你们按时接我们
回家回家回家
回到那个温暖的家

## ●敬礼的小郎铮

从废墟中被救起的那一刻
望着父亲一样的慈祥
尽管只有三岁
尽管一只手还在痛苦地呻吟
小郎铮毅然举起了右手
向身边的解放军叔叔
向四小时就赶到灾区的温家宝总理
向昼夜抢救那些被废墟掩埋的生命的手
向四面八方涌向汶川的温暖
向所有注视着汶川地震的眼睛
敬礼

那一刻
我积聚的泪水
被一只举起的右手
感动出一条河流
我知道地震是如此残酷
我也知道汶川的人民
流下多少痛苦和沉重
而一只举起的右手
矗立起汶川地震中
一座永恒的雕塑

感恩不需豪壮的话语
也不要有力的手势
有时只需要举起一只小手
就足够让整个世界惊艳
这就是中国的少年
这就是少年的中国
面对灾难的一种坚强
面对所有关爱的一种
无声的回报

少年兴则中国兴
郎铮举起的那一只右手
将成为所有中国人
前进的方向
因为前方就是
一个坚强的中国
一个感恩的中国

## ●如果有一天

如果有一天
泪水浸泡了日历
我会用火红的诗句
擦干你的哭泣
让那个黑暗的日子
不再成为今天

如果有一天
时间麻醉了记忆
我会用沸腾的歌声

唤回所有的花朵
让那些失散的书包
重新坐在明朗的教室
快乐地成长

如果有一天
回忆酿成了泥沼
我会用一生的力量
打捞破碎的家园
重新建立坚固的房子
让所有的梦想
都居住在春天里

如果有一天
我忘记带走你
我会用自己的灵魂
为你搭建一座美丽的天堂
让你和一切
永远撕碎2008年5月12日

# 后记

我的诗集《马阜晴岚》即将付梓，这是一件值得庆贺的喜事。宛若怀胎十月即将分娩的女儿，单等哇的一声，便宣告生命的开始。尽管期盼已久，姗姗迟来，但毕竟还是来了，其间所有的风雨皆已成为过往。回首我近三十年的写诗历程，这应该是我的第三本诗集，也是公开出版发行的第一本诗集。先前我曾经自编自印过两本诗集，虽不是公开出版，但也算我人生中留下的一段难忘记忆。

那年，我从长沙毕业，分配到乡村中学，成为一名语文教师，指导学生成立文学社，也油印了几期社刊。后来，学生们怂恿我把所写的诗汇编起来，以供他们学习；我心动了，把自己所写的诗刻在一张张蜡纸上，学生们课余时帮着油印，装订成册。乡村学校条件艰苦，纸差油劣，诗集极其粗糙，连书边都没有裁剪，保持着原汁原味，学生人手一册。我也不知天高地厚地把诗集寄给了老师、同学以及其他人。印量极少，加之搬家多次，我自己也没有留存一本。2015年春节，张家界同学整理旧物时，竟然翻出了我的诗集，并忍痛割爱寄与我，我深受感动。二十四年过去了，作为同学的她，竟然珍藏着我的第一本油印诗集，估计也是唯一留存的这本油印诗集了，这份难得的同学情谊，我终生铭记于心。

后来，我考入市教育局，做好本职工作的同时，继续做着文学梦。利用晚上时间，编印了第二本诗集《爱到深处》，虽然诗歌数量不多，内容也单薄；却让我内心激动，看着自己年轻的笑贴在封面上，看着自己写的诗变成铅字，颇有成功的喜悦。而今看来，这两本诗集并非真正意义的诗集，只是我人生经历中的两个小插曲，只是我写诗路途上采撷的两朵青涩的花而已。但它们真实地记录了我人生所经历的风雨以及写诗以来所付出的汗水，值得在此留存文字以示纪念。

再后来，生活中、工作上的那些琐事频繁地填满了我所有的时间。生活虽然多了些油盐酱醋，却依然保持着诗意。我在压缩得极少的空间和时光里，努力地读着诗、写着诗，也偶尔发表一二首。夜深人静时，我总是喜欢沉浸在那些忧伤而美丽的文字里，偷偷地安放自己的孤独和寂寞，安放自己游荡的情思和灵魂。总想用那些微弱的呼吸唤醒沉睡的时光，用内心的萤光照亮生命的天空，用真情的文字温暖冷落的乡愁，在渐行渐远的岁月里洒下一缕缕醇香。我不知道未来的田地是否依然盛开春天的花朵，我也不知道这些低微的诗句能否缝合春雷闪裂夏天的伤口。我唯一知道的而且清醒地听见的是，耒水正穿过我的身体，穿过我的内脏，穿过我的灵魂。那些蔚蓝色的仰望，正在日渐枯萎的城市高楼里不停地喘气，不断地呻吟，总想呕出我内心的焦虑和对故乡的那种浓浓的情愫。

而今，在众多诗友的怂恿下，我把这些年所写的诗作聚拢成集，不论是发表的，还是尚未发表的。从此让诗有了一个温馨的家，让它们可以相依为命，可以温暖我那些孤独和寂寞的夜。我也真诚地希望这些诗作，能给有缘遇见的人增添一份美丽的念想。在此，我要感谢在我人生与写诗路途上给予无限关爱的领导、老师、同事、同学以及家人，是你们给了我无穷的力量；也要感谢我的恩师廖杰锋教授在繁杂的公务之余为我撰写了序言，感谢敏华兄所作的精美钢笔画，是你们让我的诗集锦上添花。

这个春天有些异常，异常得不可思议，创50年历史记录的阴雨停了下来。此时微笑的阳光，拖着忙碌的身影，跨过耒河，翻过马阜岭，挤进窗台，静坐于电脑桌上摊开的诗集上，一动不动。宛若秦朝的山水，穿越2200多年历史的涛声，才抵达耒阳的今天；而从耒阳出发的春天，正沿着阳光指明的方向，不断涌现那些孤独的灵魂和耀眼的光芒。我轻轻地合上这本诗集，一如合上那些逝去的时光，敬重地结束了那些生动的情节，封存了那些青春年少的悸动。

“马阜晴岚”是“耒阳八景”之一，我现今居住于此，日夜与美景相伴，许多诗作也诞生于此。我借用为诗集之名，意在表达我对家乡耒阳的深情，对自己的更多勉励。希望自己今后“诗意地栖息”在这青山绿水间，仰望星空，俯视内心，写出更多更好的诗作，不负青山绿水，不负韶华岁月，更不负我的家乡——耒阳！

**图书在版编目（C I P）数据**

马阜晴岚 / 徐玉成著. -- 武汉 ：长江文艺出版社，2020.12

ISBN 978-7-5702-1825-7

Ⅰ. ①马… Ⅱ. ①徐… Ⅲ. ①诗集－中国－当代 Ⅳ. ①I227

中国版本图书馆 CIP 数据核字（2020）第 173457 号

责任编辑：胡　璇　　　　责任校对：毛　娟

装帧设计：壹　道　　　　责任印制：邱　莉　　王光兴

---

出版：長江出版傳媒　长江文艺出版社

地址：武汉市雄楚大街 268 号　　邮编：430070

发行：长江文艺出版社

http://www.cjlap.com

印刷：武汉市籍缘印刷厂

---

开本：880 毫米×1230 毫米　1/32　印张：10.5　插页：2 页

版次：2020 年 12 月第 1 版　　2020 年 12 月第 1 次印刷

行数：6275 行

---

定价：39.80 元

---